U0530306

零基础诗词写作课

安洪波 编著

中国出版集团有限公司
华文出版社

图书在版编目（CIP）数据

零基础诗词写作课 / 安洪波编著. -- 北京 ：华文出版社, 2025. 4. -- ISBN 978-7-5075-5935-4

Ⅰ. I207.2

中国国家版本馆CIP数据核字第20245T059U号

零基础诗词写作课

LINGJICHU SHICI XIEZUO KE

著　　　者：安洪波
责任编辑：刘萍萍
策划编辑：吴文娟
出版发行：华文出版社
地　　　址：北京市西城区广安门外大街305号8区2号楼
电　　　话：总 编 室 010-58336239　发 行 部 010-58336267
　　　　　　责任编辑 010-58336192
邮政编码：100055
网　　　址：http://www.hwcbs.cn
经　　　销：新华书店
印　　　刷：三河市航远印刷有限公司
开　　　本：880mm×1230mm　1/32
印　　　张：9.25
字　　　数：220千字
版　　　次：2025年4月第1版
印　　　次：2025年4月第1次印刷
标准书号：ISBN 978-7-5075-5935-4
定　　　价：65.00元

版权所有，侵权必究

目录

第一部分　基础篇 / 001

第一章　起源与发展 / 002
第一节　诗的起源 / 002
第二节　诗的发展 / 006
第三节　诗的类别 / 016
第四节　词的发展 / 021
第五节　词的分类 / 026
第六节　对联概述 / 030

第二部分　格律篇 / 033

第二章　声韵 / 034
第一节　平仄 / 034
第二节　粘对 / 041
第三节　押韵 / 045
第四节　声调 / 052
第五节　拗救 / 070
第六节　诗病 / 082

第三章　对仗 / 093
第一节　认识对仗 / 093

第二节　对仗四要素 / 101
　　第三节　对仗的类别 / 104
　　第四节　对仗的高级形式 / 113
　　第五节　常见问题 / 121
第四章　词的格律 / 126
　　第一节　词的平仄 / 126
　　第二节　词的特征 / 138
　　第三节　词牌 / 145
第五章　对联的形式与要求 / 161
　　第一节　对联的特点 / 161
　　第二节　对联的形式 / 168
　　第三节　对联的内容 / 176

第三部分　创作篇 / 187

第六章　创作方法 / 188
　　第一节　立意 / 188
　　第二节　谋篇 / 196
　　第三节　句式 / 212
　　第四节　修辞 / 231
第七章　创作实践 / 248
　　第一节　对联创作 / 248
　　第二节　诗的创作 / 258
　　第三节　词的创作 / 277

参考书目 / 292

第一部分

基础篇

第一章 起源与发展

本章介绍诗歌的定义、起源与发展,以及词、对联的基础知识,使读者对诗歌有概貌性的认识。

第一节 诗的起源

诗是一种抒情言志的文体,有节奏,通常能用来歌唱。它要蕴含感情、表达感情,需要有一定的创作技巧。

一、诗的定义

到底什么是"诗"?《现代汉语词典》(第七版)说:"(诗是)文学体裁的一种,通过有节奏、韵律的语言集中地反映生活、抒发情感。"

我国古代有文、赋、诗、词、曲、联、话本等文体,现代有小说、散文、诗歌、剧本等文体。诗是各类文体中的一类。翻开《唐诗三百首》,我们发现,诗句末尾的字常常读音相似,而且抑扬顿挫、朗朗上口。字的读音相似,叫作押韵;朗朗上口,是因为它有节奏。诗还是用来吟咏、歌唱的。古时候有专门的机构为诗谱曲子,也有特别著名的歌唱家歌唱。

二、诗的特点

诗一般蕴含丰富的感情，可表达深刻的思想，且要求创作者具备较娴熟的技巧。

（一）诗是蕴含感情的

英国湖畔派诗人华兹华斯说："诗歌是强烈感情的自然流露。"诗最打动人的是它所蕴含的感情。人们选择诗这种文体，而不是小说、议论文、说明文，主要是要表达某种强烈的感情。我们之所以能被某首诗歌打动内心，就是因为它蕴含着丰富的情感。

人有七情六欲，所有喜怒哀乐都会反映到诗作中。以《早发白帝城》为例，李白被流放夜郎途中逢大赦，十分高兴，从重庆坐船，一路东下，经过一千多里就能到家。这首诗写得特别明快，蕴含了强烈的喜悦之情。同理，《悯农》有着对天下百姓的悲悯情怀，李绅因此被认为是宰相之材。"忍看朋辈成新鬼，怒向刀丛觅小诗"则表达了鲁迅无比的愤怒。

（二）诗是表达思想的

《尚书》曾定义："诗言志。"就是说，诗歌要表达作者的某种思想、抱负、志向，这就是诗歌的"中心思想"。

"欲穷千里目，更上一层楼"既是王之涣对自己的鞭策，也是他对自然规律的认识。"问渠那得清如许，为有源头活水来"今天多被引用，指接触新思想、新知识才能与时代同步。"采得百花成蜜后，为谁辛苦为谁甜"被认为是讽刺贪官污吏，也有人解读为劳动人民的劳动果实被统治阶级剥削走了。

（三）诗是讲究技巧的

这个"技巧"，有两层意思，一是"规矩"，二是"艺术手法"。

就像踢球有规则、下象棋有规则一样，写诗也有其特定的规则。比如，交替使用悠扬的声调和顿挫的声调，用发音相近的字结尾，这就是诗的"规矩"。西方也有诗，最典型的是十四行诗。

我国南北朝诗人谢朓说："好诗圆美流转如弹丸。"好的诗歌要像玻璃球一样清澈、透明、圆转。要想达到这种效果，就要使用一定的技巧，反复推敲字词，写出脍炙人口的作品。

"飞流直下三千尺"使用了夸张手法；"呼作白玉盘"使用了比喻手法；《江畔独步寻花》使用了借代和拟人手法。以上都属于修辞类艺术技巧。

三、诗的源头

一般认为，诗歌起源于劳动，与巫术密切相关，并且很早就出现了抒情诗。

（一）诗歌起源于劳动

　　断竹续竹，飞土逐宍。

（《吴越春秋·弹歌》）

原始人类在集体劳动时，为了减轻疲劳、提高劳动效率，往往有节奏地呼喊，这就是诗的萌芽。

比如，人们在搬运巨大的木头时，前边有人喊号子，后边有人回应，这就是一种劳动号子。搬家时，几个人一起喊着口号抬家具也是一种劳动号子。它们的共同特点是"节奏",这种有节奏的劳动号子,如果再加上几个简单的字,就成了诗歌。

《弹歌》是我国史料记载的最早的诗歌,作者佚名。它描写了这样一个场景:用竹子削成弹弓、用石子当作弹丸,猎食鸟兽。时至今日,有些男孩玩的弹弓便是用竹子或小树杈绑上一根皮筋,打泥丸或石子,性质相同。

(二)诗歌与巫术

> 土反其宅,水归其壑,昆虫毋作,草木归其泽。
>
> (《礼记·郊特牲》)

诗歌还与巫术息息相关。原始社会时期,人们无法利用科学知识解释打雷、洪水、蝗灾等自然现象,又希望有更多猎物和好的收成,就发明了各种巫术活动向上天祈祷。

这种活动跟文艺创作有相似的地方,都需要想象、联想,都涉及模仿、概括,都蕴含着情感。因而促发了原始的文艺创作,形成了一些文学作品,其中包括诗歌。

原始巫术有两个定律:"相似律"和"接触律"。

"相似律"是指,巫师仅仅通过模仿就能实现他想做的事。电视剧中,皇宫里的反派,常常用针扎在布偶上来诅咒别人,让对方产生各种奇怪的病症。这基于"相似律"。

"接触律"是指,只要某个人接触某个物体,巫师就能通过那个物体对那个人施加巫术。有的地方,如果家人走丢了,巫师就用走丢的人的衣服鞋袜来给些神秘的建议,比如往哪个方向寻找,到哪个地方寻找。这基于"接触律"。

上面列举的诗句出自《礼记》,所写内容是祭辞,人们会在每年农历腊月举行腊祭,感谢诸神一年来的赐予,并祈求来年风调雨顺。诗句表达了人们对美好生活的祈祷。

(三)抒情诗的起源

> 涂山氏之女乃令其妾候禹于涂山之阳。女乃作歌,歌曰:"候人兮猗!"
>
> (《吕氏春秋·音初》)

在第一节中我们讲到,诗歌最主要的特点是蕴含着强烈的感情。那么,真正的抒情诗是从何时开始的呢?

根据《吕氏春秋》的记载,大禹忙于治水,三过家门而不入。他的妻子就安排他的妾去涂山的南面等候他,小妾在山丘上等候时唱道:"候人兮猗!""候人"可以理解为"等候我的心上人","兮猗"是两个虚字,就好像现在歌曲中常见的"啊哈""呦嘿"等,没有实际意义。这首诗是中国有史可查的第一首抒情诗,在中国诗歌史上具有划时代的意义。在内容上,它第一次与劳动和巫术没有直接联系,第一次抒发了夫妇相爱的感情;在形式上,它采用虚实结合的方式,以两个相连的虚字作尾音,使诗句在节奏和旋律上都发生很大变化。有人称它为"中国情诗之祖"。

第二节 诗的发展

从四言诗、五言诗到七言诗,诗歌有一个逐渐被拉长的过程。在这个过程中,人们逐渐总结出一些规律,使得诗歌定型。这一节,我们就讲讲诗歌是如何从四言进化到五言,又进化到七言的。

一、从四言到七言

古代汉语跟现代汉语有个最大的区别,就是古代大多数文字都能单独使用,人们能用较少的字组成一句话。同时,运用较长的句子需要较高的能力。诗歌刚出现时,字数很少,句式单一,然后逐渐被拉长。这说明人们的语言运用能力、逻辑思维能力在逐步提升。

(一)《诗经》与四言诗

昔我往矣,杨柳依依。今我来思,雨雪霏霏。
行道迟迟,载渴载饥。我心伤悲,莫知我哀。

(《诗经·小雅·采薇》)

《诗经》是我国第一部诗歌总集,收录了西周初至春秋中叶或稍后五六百年的305篇诗歌。《诗经》由风、雅、颂三部分组成。其中,"风"有十五"国风";"雅"分为"大雅""小雅";"颂"分为"周颂""鲁颂""商颂"。风、雅、颂本质上是一种音乐上的分类。"风"的意思就是"乐调",十五"国风"就是用十五个地区的地方乐调演奏的乐歌。"雅"训"正",又与"夏"相通,"雅"就是用夏地音乐表现王朝正统内容的西周京畿地区的乐歌。"颂"是形容之意,三"颂"各章,皆是舞容,是用于宗庙祭祀的舞曲乐歌。

(二)五言诗的兴起

1.《诗经》与五言诗

谁谓雀无角,何以穿我屋?谁谓女无家,何以速我狱?

(《诗经·召南·行露》)

早在《诗经》中，就偶然会有五字一句的，夹杂在整首诗中。前两句的意思是，谁说麻雀没有尖嘴巴，那为什么能啄穿我的屋顶？——古时候房顶是用茅草铺成的。后两句的意思是，谁说你没有家室，为什么要招惹我？就算跟你打官司，我也不让你的奸计得逞。这首诗是用一个良家女子的口吻写的，有一个行为不检的贵公子哥追求她，但她不乐意，坚决地拒绝了对方的追求。

从四个字到五个字，是个飞跃。但这时候还没有完整的五言诗，比如这首诗，前后文都是四言的，只有这几句是五言，只能说杂言诗中夹杂了几句五言句式。

2. 民歌与五言诗

生男慎勿举，生女哺用脯。不见长城下，尸骸相支柱。

（《长城歌》）

这应该是最早的通篇五言的作品。诗意是：生了男孩千万别养活——难道要扔了吗？生了女孩要当成宝，用干肉条喂养长大。古时候不是重男轻女吗？为什么这首诗反过来了呢？原来，那时候兵役、劳役十分繁重，但凡家里有男孩子，就保不齐被抓走当壮丁。诗中说，长城脚下的人骨堆成堆，想生男孩的人家，难道你们不知道吗？

3. 文人五言诗

北方有佳人，绝世而独立。一顾倾人城，再顾倾人国。宁不知倾城与倾国，佳人难再得。

（李延年《佳人歌》）

文人创作的五言诗中,《汉书·外戚传》记载的李延年作品《佳人歌》出现较早。

李延年是汉武帝时期的宫廷音乐家。这首作品的目的是向汉武帝推荐自己的亲妹妹,并真的打动了汉武帝,把他妹妹迎进皇宫。"倾城倾国"也成了人们耳熟能详的成语。

4. 古诗十九首

凛凛岁云暮,蝼蛄夕鸣悲。凉风率已厉,游子寒无衣。
(《古诗十九首·第十六》节选)

总的来说,五言诗从西汉时期就开始零散出现了,并且逐渐取代了四言诗。但真正出现精品佳作要到东汉末年,出现了流传千古的《古诗十九首》。

这首诗是由一个在外漂泊的文人创作的。他说,寒气袭来,晚云密布,田野里虫子们整晚鸣叫。凉风越来越紧,我一个人瑟缩着,却没有厚衣服穿。

古代人是很难自由旅行的。每家都有户籍,要想离开户籍地,就得开凭证,所以农民们被捆绑在土地上。但读书人可以例外,他们能以读书和考试的名义外出。在还没有科举考试的情况下,汉代读书人要拿着自己的作品四处投献,期望得到王公贵族和朝廷大臣的赏识。他们就像是今天的"北漂""沪漂"一样,一个人到陌生地方,免不了生出很多感慨,形成诗篇。其中,最著名的一些作品被后代人凑成《古诗十九首》。它们都是汉代读书人的作品,都丢了作者名,都表达了游历在外的种种感受。

《古诗十九首》标志着文人五言诗的成熟。著名的文学评论家刘勰认为它们是"五言之冠冕",就是说,它们就像五言诗中的皇冠。另一个评论家钟嵘说它们"一字千金"。

再后来,到了魏晋南北朝时期,五言诗已经成为通用体裁,产生了很多优秀作品,比如谢灵运、谢朓、陶渊明等,他们的作品被钟嵘分门别类地选编在《诗品》中。

(三)七言诗的出现

由于古代汉语言简意赅的特性,五言诗的一句诗,可能是由两句话组成,七言诗就更加复杂。以绝句为例,就好像小朋友玩的积木,五言绝句共有二十个字,七言绝句变成二十八个字,多出来好几个,就能搭出更多的、更复杂的样式。

在诗词格律定型之前,七言诗就是七言古风,不受格律的束缚,形式活泼,用韵较自由。

1. 曹丕与《燕歌行》

> 秋风萧瑟天气凉,草木摇落露为霜,群燕辞归雁南翔。念君客游思断肠,慊慊思归恋故乡,君何淹留寄他方?贱妾茕茕守空房,忧来思君不敢忘,不觉泪下沾衣裳。
>
> (曹丕《燕歌行》节选)

三国魏文帝曹丕创作的两首《燕歌行》,是现存最早的完整的七言体诗。所选作品以独守闺房的女子的口吻述说,表达了思念他乡恋人的愁绪。

2. 三曹各擅一体

曹丕和他的父亲曹操、他的弟弟曹植合称"三曹",再加上依附于他们的一些著名文人,并称"三曹七子",统称"邺下文人集团"。他们的文学风格被称为"建安风骨",他们所在的邺下(今河北省邯郸市临漳县)成为三国时期的文化中心。尤其值得一提的是,他们父子三人"又博又专",各自擅长一种诗体——曹操擅长写四言诗、曹植擅长写五言诗、曹丕擅长写七言诗,共同成为诗歌演变过程中的一个枢纽,很独特地存在于文学史中。几百年后,才有另外父子三人取得了跟他们相仿的艺术成就,他们是苏洵、苏轼、苏辙。

3. 书生与皇帝

> 奉君金卮之美酒,玳瑁玉匣之雕琴。七彩芙蓉之羽帐,九华蒲萄之锦衾。红颜零落岁将暮,寒光宛转时欲沉。愿君裁悲且减思,听我抵节行路吟。不见柏梁铜雀上,宁闻古时清吹音。
>
> (鲍照《拟行路难》)

三国之后是两晋南北朝,南朝的鲍照成为我国第一个大量创作七言诗的人,《拟行路难》十八首均以七言为主,或通篇七言。

相传汉武帝在柏梁台上和群臣共赋七言诗,每人一句,每句用韵。后人称之为柏梁体,就像上文曹丕的诗歌一样,每句的最后一个字都押韵。这种文字游戏在南朝蔚然成风,后梁的两位皇帝都喜欢在大宴群臣时玩一玩柏梁体。

到了今天,武侠小说家金庸创作《倚天屠龙记》时,共设四十个章节，用四组、每组十句的柏梁体诗句作为章节标题。不懂诗的人可能误以为金庸不会写诗，居然句句押韵，殊不知，这本是柏梁体的余绪。

二、律诗的出现

诗歌从产生到长期发展再到定型规范，有一个逐渐演化的过程。人们不断摸索它的规律，形成越来越严谨的规矩，大家作诗都按照这个规矩来，这就是律诗。

大家去纺织厂看一下会发现，生产出来的布面十分宽，并且连续不断，需要裁开。"律"这个字被造出来时，本意是平均分割布面，进而被理解为：给出一个统一的标准，大家都按这个标准执行。以此类推，律诗就是写诗的标准。

从发现声律的规律，到初步定型，再到创作典范，共有五个人起了关键作用，他们是沈约、沈佺期、宋之问、杜审言、杜甫。

（一）沈约与四声

> 河汉纵且横，北斗横复直。星汉空如此，宁知心有忆。孤灯暧不明，寒机晓犹织。零泪向谁道，鸡鸣徒叹息。
>
> （沈约《夜夜曲》）

这首诗跟"唐诗"已经十分像了，字数很齐整，句数也差不多，只是每句末字的读音有点奇怪。这首诗创作了将近二百年后，唐朝才建立，"唐诗"才出现。这首诗的作者是沈约，我们这部分就讲他。

南北朝时期，社会急剧动荡，人命如草芥，人们渴望安定的生活。佛教在南朝得到广泛传播，仅仅在南梁都城里，就有佛堂近五百座，杜牧诗中说"南朝四百八十寺"，可见佛教之兴盛。

为了把梵文的佛经搞明白，人们不只是把它翻译成汉字，还要学它的读音。人们发现，声音可以分为不同的声调，这就是格律研究的开端。

沈约出身于南朝的名门望族，爷爷是将军，父亲是太守。但在沈约很小的时候，父亲被害，家庭陷入贫困。沈约日夜苦读，母亲担心沈约把身体熬垮了，经常悄悄把灯座里的燃油倒出来些，好让他早些休息。

功夫不负有心人，沈约长大后成为朝廷重臣，对外出征当将军，对内执政当宰相。但他最大的成就可能不是军事和政治，而是文学。他不仅创作诗词文赋，而且总结提出"四声八病"的学说，为律诗的发展奠定了基础。现在，人们但凡学习古代文学史，就绕不开他。

所谓"四声八病"，是指汉字有"平上去入"四个声调，诗歌创作时要避免八种音韵不够协调的情况。

以前人们作诗完全凭感觉，现在有了研究成果。诗人们把"四声八病"应用到诗歌创作中，产生了面貌一新的诗体。代表诗人很多，大多活跃在南朝齐武帝的永明年间（483—494）——"永明"是当时皇帝的年号，所以他们所创新的诗体被后人称为"永明体"。

（二）律诗定型

阳月南飞雁，传闻至此回。
我行殊未已，何日复归来。
江静潮初落，林昏瘴不开。

明朝望乡处，应见陇头梅。

（宋之问《题大庾岭北驿》）

　　唐朝刚建立不久，李白、杜甫还没出生，江湖上都是"初唐四杰"的传说，朝廷上还有"文章四友""吴中四士"的唱和，有两位诗人悄悄地给诗歌立下了"规矩"，他们是沈佺期和宋之问。

　　他们一起考中进士，一起在朝廷当官，经常互相唱和，又一起攀附权贵，然后一起被贬。简直是"孟不离焦，焦不离孟"，于是被合称"沈宋"。他们有个大成就——为律诗定型做出了贡献。此前，人们已经能创作跟律诗很像的作品，但总会有各种小毛病。到底是哪里出错了呢？诗人们丈二和尚摸不着头脑。沈宋二人却发现，诗句既要加入平仄的变化，还要讲究特别细致的对仗，等等。

（三）杜氏祖孙

　　独有宦游人，偏惊物候新。
　　云霞出海曙，梅柳渡江春。
　　淑气催黄鸟，晴光转绿蘋。
　　忽闻歌古调，归思欲沾巾。

（杜审言《和晋陵陆丞早春游望》）

　　如果把初唐的诗人聚到一起，搞个比赛，到底谁的水平最高呢？明朝评论家胡应麟说，杜审言的五言律诗是冠军。

　　杜审言跟沈宋二人同朝为官，也互相来往。他很有个性，因为诗文水平高，就觉得自己十分了不起。当时，他在苏味道手下当差，是个普通公务员。苏味道则任吏部侍郎，二人级别相差悬殊。按说他应该十分尊敬自己的领导才对。但有一次，他出吏部大门就跟人说："苏味道这回死定了！"别人大吃一惊，问："什么情况？"杜审言说："等他看到我在内部文件上的判词，就会羞愧而死。"杜审言还扬言说，与自己的文笔相比，屈原、宋玉只能看衙门；与自己的书法相比，王羲之也要甘拜下风。

杜审言生子杜闲，杜闲生子杜甫。

杜甫就是跟李白并称中国诗歌史现实主义、浪漫主义两大高峰的诗人。如果把中国历史上所有的诗人集合到一起搞评选，二人就是"双黄影帝"。

诗歌分很多类，下一节我们具体介绍。其他诗人，一般只擅长一种诗体，大诗人才能诸体兼备，也就是说，写什么都能拿得出手。杜甫则是古代诗歌的集大成者，不仅各种诗体，包括赋，都能拿出手，而且拿出手的都是极品，除了当时还没有成熟的词、曲，其他的都不在话下。

而且，杜甫的诗作格律精良，被后代文人学子奉为典范，我们在具体讲格律知识时，也免不了以他的作品为例去讲解。

杜甫为什么这么厉害呢？首先他有个好家族。他的远祖能追踪到西晋的杜预——这个人注的《左传》流传千载。他的祖父是上文的杜审言——"文章四友"之一，是能跟两大宰相李峤和苏味道刀光剑影比拼诗歌的人。所以，杜甫写诗说："诗是吾家事。"其次，他有一帮好朋友，李白、高适等，他们之间的交流使杜甫百尺竿头更进一步。再次，杜甫自身经历十分坎坷，他考进士不中，靠献赋获得当官资格。后来遇到安史之乱，流离失所，漂泊在成都。有诗句说，"国家不幸诗家幸""文章憎命达"，杜甫赶上战乱，自己也命运不济，才激发了更加浓厚深沉的创作欲望，写成了一首又一首传世名篇。

第三节　诗的类别

诗歌有古体诗和近体诗之分，合称旧体诗。唐末宋初出现了词，元朝以散曲为主，民国出现白话诗，现当代还有一种重要的诗歌形式，即歌词。但本书是以近体诗和词为研究对象的，对散曲、白话诗和歌词暂不介绍。

一、古体诗

从时间上划分，唐以前的绝大部分诗作都是古体诗，因为当时格律还没有定型。但唐朝之后，有很多诗人写过很多古体诗，应该添加进去。所以，要是列个算式的话，是这样的：

古体诗 = 唐以前的诗 + 唐之后文人创作的不合格律的诗

清朝人沈德潜编了一本《古诗源》，收录了唐朝以前的古体诗。古体诗可以分为两类：古风和乐府。《玉台新咏》是春秋战国至南北朝时期的诗歌总集，主要是文人创作的古风作品。《乐府诗集》则搜集了古代乐府机构整理的和文人创作的乐府诗。

（一）唐以前的古体诗

文人创作的是古风，音乐机构搜集整理的是乐府，大约相当于今天的现代诗和歌词，各自一个圈子，互相没有什么来往。第二节举的例子大多是古风，比如《古诗十九首》和三曹的作品。从字数上看，它们有四言、五言、七言之分，更多是杂言。

那乐府到底是怎么回事呢？原来，汉朝成立了一个机构，负责收集整理各地民歌，创作音乐并演唱它们。这些作品都是"歌词"，比较通俗易懂。根据应用场景和使用器材的不同，乐府分为很多种类，比如用于祭祀的归入"郊祀歌辞"，用于仪仗乐队演奏的归入"鼓吹歌辞"，等等。我们学过的《江南》《长歌行》就属于乐府。

（二）唐以后的古体诗

到了唐朝，近体诗出现了，它们讲究严整的格律。但诗人们仍然会创作大量的古体诗，著名诗人无不如此。

在他们创作的古体诗中，仍然分为两类：古风和乐府。

诗人们会按照乐府曲调的要求，用乐府现成的题目创作诗歌，这叫乐府旧题；有的诗人懂音乐，干脆自创新曲调，这叫乐府新题。

但是这些作品很难区分，有的看起来像古风，比如李白的《长干行》、孟郊的《游子吟》；有的跟近体诗中的绝句没有任何区别，比如王翰的《凉州词》、刘禹锡的《浪淘沙》。但它们都属于乐府。大概可以这么理解——古人诗歌中，凡是带"行""吟""曲""调""歌"的，就有可能是乐府诗。上文提到的《佳人歌》就是乐府，它的作者李延年是宫廷音乐家。

其他的唐宋文人创作的不合格律的作品，基本就属于古风了。

(三)古体诗的特点

篇幅	句数不限，字数不限
平仄	不讲究
用韵	宽泛
对仗	不要求

古风作品共有三个特点。从四句到很多句都有，但一般较长，甚至一百多句，容易铺排渲染，抒情状物时描写得更充分；字数可以参差不齐，产生很多变化，减少许多束缚。每句诗的声调也没有特别要求，允许各种拗句存在。押韵比较自由，可以平声韵、可以仄声韵，还可以混着押韵，也可以用较宽泛的韵部。并且，不要求对仗。

二、近体诗

旧体诗 = 古体诗 + 近体诗

近体诗 = 律诗 + 绝句 + 排律

"近体诗"本来是唐朝人区分两大类诗体所起的名字——那些不合格律的都是古体诗，唐朝以来讲究格律的新诗体就叫"近体诗"，也叫"今体诗"，后来也称"格律诗"。这个称呼在唐朝一目了然，但越往后越不合时宜——现在距离唐朝已经过去一千多年了，哪里"近"了？于是有人像唐朝人那样把以前的诗歌作品一股脑打包，称作"旧体诗"或者"古诗词"。

现在我们仍然沿用成例，用近体诗来统称唐朝以来的讲究格律的诗作，即律诗、绝句、排律，但不包括词、散曲、现代诗、歌词等。

(一)律诗

篇幅	每首八句,每句五个字或七个字
平仄	有严格的平仄要求
用韵	二、四、六、八句押韵,首句可以押韵
对仗	中间两联要求对仗

好雨知时节,当春乃发生。
随风潜入夜,润物细无声。
野径云俱黑,江船火独明。
晓看红湿处,花重锦官城。

(杜甫《春夜喜雨》)

近体诗分为五言和七言两种句式。以上三类近体诗,各自都有五言和七言之分。

在三类近体诗中,律诗居于核心地位,把它缩短就是绝句,拉长就是排律。律诗共八句,每句五个字或七个字。每个字的声调都有讲究,不能乱用。在用韵上,指定了韵脚,并且押平声韵,《春夜嘉雨》这首诗押韵的字包括生、声、明、城四个字;有时第一句也押韵,就是五个韵脚。在对仗上,中间两联必须对仗,但有例外情况。

(二)绝句

篇幅	每首四句,每句五个字或七个字
平仄	有严格的平仄要求
用韵	二、四句押韵,首句一般入韵
对仗	不要求

绝句又称为"截句",什么意思呢?就好像截开布面一样,把本来八句的律诗,截下一片,就叫"截句",后来念转音叫"绝句"。比如这首:

> 终南阴岭秀,积雪浮云端。
> 林表明霁色,城中增暮寒。
>
> (祖咏《终南望余雪》)

这是初唐大才子祖咏参加科举考试时写的诗。他坐在考试专用的格子间里,摇头晃脑地思考,想出了前四句,有气势,有笔力,看起来还不错。但没思路了!祖咏就把毛笔一扔,昂头挺胸出考场了。别人问:"为什么只写了四句?"他一甩头,说:"意尽!"

这种情况在诗歌创作中非常常见,但已经写成的佳句舍不得丢,就存为"绝句"。具体怎么截,全看作者自己乐意不乐意。有时截前四句,有时截中间四句,有时截后边四句,有时截下前两句和后两句再拼起来。总之不浪费精华。

(三)排律

篇幅	每首十句及以上
平仄	有严格的平仄要求
用韵	偶数句押韵,首句可以入韵
对仗	除首尾两联外,其他均应对仗

古人写诗也可能"刹不住车",创作激情上来后,八句话盛不下,怎么办?继续延长,超过八句就是排律了。

唐朝人考试时要求写诗,但并非律诗,而是五言十二句的排律，除首尾外都得对仗，还对用韵要求极严格，因而难度较高。

最短的排律是十句，长的则没有限制，杜甫就写过《秋日夔府咏怀奉寄郑监李宾客一百韵》，顾名思义，共有一百个韵脚、二百句诗。北宋的王禹偁创作一篇《谪居感事》，共用了一百六十个韵字，有三百二十句之多。

因为一个韵部就那么几个字，一般不能重复的，越用越少，所以排律越长，用韵越多，难度越高。写排律是比较考验功力的。

第四节　词的发展

"词"就是古人的"歌词"，文学家们创作了词，就会有歌唱家把它们唱出来。但是在古代，谱曲和写词是分割开的，有的人专门谱曲，有的人照着曲子填词，因此，写词又叫"填词""倚声"。当然，个别词人音乐水平高，能够自己谱曲，就叫"自度曲"。

一、唐五代词

游人尽道江南好，游人只合江南老。未老莫还乡，还乡空断肠。　绣屏金屈曲，醉入花丛宿。春水碧于天，画船听雨眠。

（李白《菩萨蛮》）

据王力考证，文人词起源于李白。李白创作的《菩萨蛮》《忆秦娥》被认为是百代词曲之祖。也有人疑心这些不是李白创作的，尤其是《忆秦娥》，不似盛唐气象。

李白在唐玄宗天宝元年（742）奉诏入京，在长安生活了三

年。这段时期他的身份是翰林学士,玄宗每有宴请或郊游,就叫李白侍从,并赋诗纪事。他创作了三首《清平调》:

云想衣裳花想容,春风拂槛露华浓。若非群玉山头见,会向瑶台月下逢。

这三首《清平调》都是赞颂杨贵妃的,完全是七言绝句的体例,但要配乐演唱。有人认为这算作词,也有人认为这只是配乐的近体诗或新乐府。

中唐时期,刘禹锡、白居易曾用《浪淘沙》唱和,这首词本来是唐朝的教坊曲名,虽然也跟七言律诗没有区别,但已经被归入词。

随波逐浪到天涯,迁客生还有几家?却到帝乡重富贵,请君莫忘浪淘沙。

(白居易《浪淘沙》六首其六)

莫道谗言如浪深,莫言迁客似沙沉。千淘万漉虽辛苦,吹尽狂沙始到金。

(刘禹锡《浪淘沙》九首其八)

白居易与刘禹锡被贬官十余年后,先后调回中央任职,白居易到长安担任秘书监,刘禹锡到东都洛阳担任太子宾客。这时候,白居易创作了六首《浪淘沙》赠给刘禹锡,表达了被贬谪和起复过程中的复杂心情;刘禹锡回复了九首《浪淘沙》,表达了对未来充满期望的乐观与豁达的心情。刘禹锡在此期间,还依据民间歌谣创作了很多作品。可见,在中唐时期,诗人们已经偶然借鉴教坊歌曲和民间曲调进行创作了。

到了唐末和五代十国时期，词就逐渐流行起来。温庭筠、冯延巳、李煜等都是著名的词人。

二、宋词

　　燎沉香，消溽暑。鸟雀呼晴，侵晓窥檐语。叶上初阳干宿雨，水面清圆，一一风荷举。　故乡遥，何日去？家住吴门，久作长安旅。五月渔郎相忆否？小楫轻舟，梦入芙蓉浦。

（周邦彦《苏幕遮》）

　　时间来到宋代，词成为主要文学形式之一。

　　柳永、周邦彦、姜夔、李清照等著名词人，都精通音律，写出了精妙合律的作品，甚至能够自己谱曲。

　　这是著名音乐家周邦彦写的一首词，只看字面没啥感觉，最多觉得清丽一些。但如果设想一下，一位女歌手穿着古装在舞台上演唱这首词，随着音乐起伏，画面缓缓铺开：主人公是一个书生，他在盛夏湿热的清晨燃起沉香，听到鸟雀在房檐下叽叽喳喳地叫，推开窗子望去，只见池塘水涨，微风中荷叶一一挺起。他思念故乡，希望回去，却滞留在长安。家乡有与他感情很好的女子，希望有朝一日，与她双宿双飞，过起世外桃源般的美好生活。我们会发现，只有在音乐的伴奏下，才能发挥出这首词的最佳"性能"，使它成为特别风雅的作品。

　　但其他人就未必如此精通音律了，其中尤其是以苏轼、辛弃疾等为代表的豪放派诗人。

　　大文豪苏轼曾问身边幕僚："我与柳永比起来，谁的词写得好？"有人说："柳永的词，只适合十七八岁的女孩子，拿着红牙板，咿咿呀呀地唱；您的词，却必须是关外的彪形大汉，抱着铜琵琶，纵声高唱。"后来，还有人评价说，苏轼的词豪放杰出，根本不是曲调能束缚的。这两种"委婉"的说法，翻译过来其实就是——苏轼的词不合曲调。

李清照曾写过一篇《词论》，认为晏殊、欧阳修、苏轼等人都不懂曲子，虽然学问渊博，但写的词都是不加标点的诗而已，更不要说合乎音律了。这从一个侧面反映出词逐渐演变为文人笔下的纯文学作品。

在宋代及以前，词是按不同的音乐调式和曲谱来填写的，那时候的谱是"乐谱"，就好像今天的五线谱一样，所填的词必须合乎乐谱的音律和节奏。

后来，人们把所存词作加以分类比较，归纳出各种调式下词的字数、平仄、对仗与用韵的要求，形成"词谱"。这时候词就失去了所依托的音乐，变成纯文学形式了，人们填词由"按乐谱填词"变为"按词谱填词"。

三、元明清词

问世间，情是何物，直教生死相许？天南地北双飞客，老翅几回寒暑。欢乐趣，离别苦，就中更有痴儿女。君应有语。渺万里层云，千山暮雪，只影向谁去？　横汾路，寂寞当年箫鼓，荒烟依旧平楚。招魂楚些何嗟及，山鬼暗啼风雨。天也妒，未信与，莺儿燕子俱黄土。千秋万古，为留待骚人，狂歌痛饮，来访雁丘处。

（元好问《摸鱼儿》）

词以两宋为高峰。金朝、元朝以散曲和杂剧为主要艺术形式，诗词成就不高。明朝词作名家不多，清朝出现"中兴"现象。

金朝有蔡松年、元好问等人，以诗、词闻名。

蔡松年是真定（今河北省石家庄市正定县）人，曾任右丞相。元好问著有《论诗绝句》，在我国历史上首次以诗的形式来阐述文学主张。他所创作的《摸鱼儿》（又名《迈陂塘》）较为著名，还曾被当代武侠小说家金庸引用到《神雕侠侣》中，作为全书的感情基调。

元朝有赵孟頫、萨都剌等人。

赵孟頫是宋太祖赵匡胤的十一世孙，诗词书画俱佳，南宋亡国后在元朝当官，曾任翰林学士承旨。这类性质的岗位，李白、苏轼等很多大文学家都担任过。萨都剌出身少数民族，被认为是元朝词人中的"冠军"。

> 去年人在凤凰池，银烛夜弹丝。沉火香消，梨云梦暖，深院绣帘垂。　今年冷落江南夜，心事有谁知。杨柳风和，海棠月淡，独自倚阑时。
>
> （萨都剌《少年游》）

明初的刘伯温、高启、杨基等人都以诗文著称，词作较少，后来还有杨慎、王世贞等人。

词到了清朝，又出现特别兴盛的情况。先后有王士禛、陈维崧、纳兰性德、朱彝尊等人。其中，纳兰性德是清朝贵族叶赫那拉氏后裔、康熙年间宰相纳兰明珠的儿子、清朝著名词人。

> 山一程，水一程，身向榆关那畔行，夜深千帐灯。　风一更，雪一更，聒碎乡心梦不成，故园无此声。
>
> （纳兰性德《长相思》）

第五节　词的分类

根据篇幅，词可以分为小令、中调和长调。词牌名称能反映词的类别。词的不同段落也有不同称谓。

一、词的篇幅

一般认为，58字以内为小令，59~90字为中调，90字以上为长调。

（一）小令

王力认为，凡是和律诗、绝句的字数相差不远的词，都可以称为小令。更具体一点，一般认为58字以内算小令。最短的小令是《竹枝》，单调14个字。

芙蓉并蒂一心连。花侵槅子眼应穿。

（皇甫松《竹枝》）

它相当于两句七言律句，是已知的最短的词。短的小令往往只有一阕，长一点的会分两阕。因为篇幅短小，小令更适合初学者入门。

常见的小令还有《南歌子》《忆江南》《浪淘沙》《长相思（单调）》《江城子（单调）》《浣溪沙》《临江仙》《如梦令》《生查子》《卜算子》《忆秦娥》《鹊桥仙》《巫山一段云》等。

（二）中调

约定俗成的说法，认为59~90字属于中调。

> 一叶舟轻，双桨鸿惊。水天清、影湛波平。鱼翻藻鉴，鹭点烟汀。过沙溪急，霜溪冷，月溪明。　重重似画，曲曲如屏。算当年、虚老严陵。君臣一梦，今古空名。但远山长，云山乱，晓山青。
>
> （苏轼《行香子·过七里滩》）

这首《行香子》分为两阕。上阕写景，下阕抒情，由眼前景写到君臣相知并不容易，是典型的词的创作节奏。

中调需要创作者既有一定谋篇布局的能力，也有一定描写的能力，因而难度比小令要高一些。

常见的中调还有《一剪梅》《破阵子》《喝火令》《青玉案》《鹤冲天》等。

（三）长调

> 寒蝉凄切。对长亭晚，骤雨初歇。都门帐饮无绪，留恋处、兰舟催发。执手相看泪眼，竟无语凝噎。念去去、千里烟波，暮霭沉沉楚天阔。　多情自古伤离别，更那堪冷落清秋节。今宵酒醒何处？杨柳岸、晓风残月。此去经年，应是良辰好景虚设。便纵有千种风情，更与何人说？
>
> （柳永《雨霖铃》）

一些精于音律的词人不满足于较短的篇幅，创造出一些越来越长的慢词长调。这首词共有两段，102字，押仄声韵，是柳永的代表作之一。

因为字数较多，在创作时，长调需要作者有铺排叙事的能力，作品的层次结构更多，有的甚至有故事情节。

最长的词牌是《莺啼序》，共有四段240个字。常见的长调还有《水调歌头》《满庭芳》《声声慢》《沁园春》《念奴娇》《水龙吟》等。

二、词的演变

词牌名称是理解词牌的线索。"令""引""近""慢"都有特别含义，词牌之间还有演化痕迹，如《浪淘沙》衍生出《浪淘沙慢》，《木兰花》衍生出《摊破木兰花》。

（一）令、引、近、慢

所谓"令""引""近""慢"者，是从音乐的角度区分词谱，分别与小令、中调、长调大致对应。

清代宋翔凤《乐府余论》说："诗之余先有小令，其后以小令微引而长之，于是有《阳关引》《千秋岁引》《江城梅花引》之类；又谓之近，如《诉衷情近》《祝英台近》之类，以音调相近从而引之也。引而愈长者则为慢。慢与曼通，曼之训引也，长也。如《木兰花慢》《长亭怨慢》《拜新月慢》之类，其始皆令也……则曰令者，乐家所谓小令也；曰引、曰近者，乐家所谓中调也；曰慢者，乐家所谓长调也。"

也就是说，根据宋翔凤的论点，对四个术语加以考察，可以得出以下结论。

"令"即小令，一般来说，歌唱一曲就算是一"令"，所以"令"比较短小，当然也有例外，比如《胜州令》长达215个字。"引"和"近"都是在小令曲谱基础上稍加延长或其他变化，一般来说，加上"引"的词牌，其字数都会多于原词牌；凡称"引"的，没有小令，只有中调或长调。至于"近"，则是音调与原词谱相近，如《祝英台近》等。最后是"慢"，它的篇幅相对更长，最短的《卜算子慢》都有89个字。同样道理，"慢"一般也能找到初始曲调，比如《长相思》与《长相思慢》，《浣溪沙》与《浣溪沙慢》。

（二）摊破、添字、减字、添声、偷声、促拍、犯调

如果说"令""慢""引"是词牌格式体例上较大的调整，那么，还有一些情况属于小幅调整，通常会冠以特殊称谓。

"摊破"是指调整音乐节拍。在原来句式上增添音节叫"摊"，将原来一句破开成两句叫"破"。通常"摊"和"破"连在一起用，比如《采桑子》与《摊破采桑子》，《浣溪沙》与《摊破浣溪沙》。

"添字""减字"是在原调基础上增加几个字或减少几个字；"添声""偷声"则是在原调基础上增加或减少音符；"促拍"是指虽然没有增减音符，但把节奏加快了；"犯调"则是指声调高低的调整。

三、词的段落

（一）阕、片、叠

与词有关的一个重点术语是"阕"，又称为"片""叠"，有的地方也叫作"阙"，都是一个意思，指的是词的段落。

在《说文解字》中，"阕"被解释为："事已，闭门也。"就是

做完事后关门休息的意思。这个字又被引申为"乐终",也就是一首曲子奏完一遍算一阕。

较长些的词会分为两段甚至更多。这时候,前一段被称为"上阕""上片",后一段被称为"下阕""下片"。

(二)单调、双调、三叠、四叠

篇幅较短的词只有一阕,叫"单调";如果分为两阕,就叫"双调";乃至"三叠""四叠",目前最长的词《莺啼序》共有四叠。

(三)过片

一首词中,如果上阕与下阕的格式不同,那么下阕开头一句就称为"过片",或称"换头""过遍"。词的过片写得好,就好像一个榫头,把上下两阕结合成一个整体。

第六节　对联概述

对联始于唐朝,流行于两宋,兴盛于明清。

一、始于春联

每到春节,买鞭炮、穿新衣,还有一项一般不可少,那就是贴对联。在日常生活中,我们接触最多的就是春联。实际上,对联最早就开始于春联。

春联最晚在晚唐已经产生,还可能上溯到盛唐。

根据《楹联丛话》记载,在唐朝结束以后的五代十国时期,后蜀皇帝孟昶命大学士幸寅逊写了副春联,分两列刻在用桃木做成的木板上，挂在寝宫门口。文字内容是皇帝亲自拟定的："新年纳余庆，嘉节号长春。"宋代以后，民间新年悬挂春联已经相当普遍，王安石诗中"千门万户曈曈日，总把新桃换旧符"之句，就是当时盛况的真实写照。由于春联和桃符密切相关，所以古人又称春联为"桃符"。到了明代，人们才用红纸代替桃木板，出现我们今天所见的春联。

后来，随着更多的古代文献出土，学者谭蝉雪发现，敦煌莫高窟的残存书卷中有对联的痕迹。比如"三阳始布，四序初开""宝鸡能僻恶，瑞燕解呈祥"等很多联句，而且分别标明"岁日""立春日"，也就是说，这些适用于春节或立春。这些资料可以追溯到唐玄宗开元年间（713—742），也就是盛唐时候就有了对联形式。

二、独立发展

两宋时期对联就很流行，文人之间常会用对联来互相考量。

北宋大词人晏殊跟诗友王琪在园子里散步聊天。晏殊说："我每次有了灵感，写在墙壁上，有的句子甚至整年都想不出下联。"他举例说，"无可奈何花落去"就至今没有对上。王琪应声答道："似曾相识燕归来！"晏殊大为赞赏，并且把这两句用到自己的一首《浣溪沙》里。

到了明清时期，对联就更加成熟，尤其是从清初到中华人民共和国成立前，是对联的全盛时期。古人说"不学诗，无以言"，到了清朝变成了"不会对联，没法发言"。各种亭台楼阁、婚丧嫁娶，对联应用得十分广泛。

第二部分

格律篇

第二章　声韵

声韵是诗歌的基本内容。对于近体诗来说，我们可以从四个方面学习：平仄构成韵律的节奏；粘对能够调整节奏；押韵时要看韵书和字规则；古今声调不同，也需要专门学习。

第一节　平仄

上文提到，沈约等人提出了"四声八病"的学说，那到底什么是"四声"呢？

一、四声

梁武帝曾问大臣："你们这帮文人整天在谈四声，那是什么意思？"一个叫周舍的文学家说："就是'天子圣哲'的意思。"天是平声，子是上（shǎng）声，圣是去声，哲是入声。平、上、去、入，就构成古汉语的四声。

我们知道，现代汉语也分为四声，分别用数字标为一声、二声、三声、四声。它和古代的四声是什么关系？

古代平声还分阴平和阳平，分别对应一声和二声。"上、去、入"合起来叫仄声。上声就是今天的三声，去声就是今天的四声，入声在普通话中已经消失。

古今声调对照表

古代汉语声调		现代汉语声调
平声	阴平	一声
	阳平	二声
仄声	上声	三声
	去声	四声
	入声	消失

二、平仄

韵律对于诗歌来讲十分重要。那韵律是如何形成的呢？

诗歌要想朗朗上口，也需要让不同类的声音有规律地变化，形成一种节奏，这种变化就是"平仄迁用"。

古代汉语虽然有四声之分，但在近体诗创作时，大部分字不需要具体分辨四声，只要粗分成平声、仄声就行。

平声比较悠扬绵长，仄声比较短促顿挫。如果要想让声音有规律地变化，就要交替使用平声和仄声，这就是平仄迁用。

平仄迁用的具体方法，就是以两个音为一节，交替使用平声或仄声，比如：

平平仄仄
仄仄平平

三、律句

（一）句式

五律每句是五个字，怎么办？最后一个音是很独特的存在，独自成为一节。如果把"仄仄平平"再补个字，就是：

仄仄 / 平平 / 仄

这就形成了"律句"。律句就是近体诗的基本句式。
使用了这个句式的诗句有：

解落三秋叶

复照青苔上

律诗对每句话最后一个字的读音有明确规定。如果是韵脚，必须是平声字；如果不是韵脚，必须是仄声字。注意，为使读者识别韵脚，本节将在韵脚所在字的下方加"△"。如果赶上尾字必须是平声，"仄仄平平"该怎么接续？可以在平声前加个"仄"：

仄仄 / 仄 / 平平
                    △

使用了这个句式的诗句有：

返景入深林
        △

润物细无声
        △

那如果该句以平声字开头、平声字结尾，就是"平起平收式"：

平平 / 仄仄 / 平
              △

使用了这个句式的诗句有：

能开二月花

披衣觉露滋

如果把后面两个音节交换一下位置，就是：

平平 / 平 / 仄仄

使用了这个句式的诗句有：

乡书何处达

危楼高百尺

好了，现在把四种句式罗列起来，就是这样的：

仄仄平平仄
平平仄仄平
平平平仄仄
仄仄仄平平

（二）成诗

五言近体诗格律的各种变化，万变不离其宗，都脱离不了这四种基式。这四种句式排列组合，就形成了五言绝句。比如：

仄仄平平仄，平平仄仄平。
平平平仄仄，仄仄仄平平。

使用了这个句式的古诗有王之涣的《登鹳雀楼》：

> 白日依山尽，黄河入海流。
> 欲穷千里目，更上一层楼。

有读者就要问了："您标注的读音似乎不完全正确呀？"这是因为，"白"在古代是入声字，今天变成了平声。更多古今音变化，今后会专门拿出一小节来讲。

如果把五言绝句再延长一倍，就形成了五言律诗。比如：

（五律句式一）
仄仄平平仄，平平仄仄平。
平平平仄仄，仄仄仄平平。
仄仄平平仄，平平仄仄平。
平平平仄仄，仄仄仄平平。

使用了这个句式的有骆宾王的《在狱咏蝉》：

> 西陆蝉声唱，南冠客思侵。
> 不堪玄鬓影，来对白头吟。
> 露重飞难进，风多响易沉。
> 无人信高洁，谁为表予心。

前文提到，律诗共有四种基本句式。任何一个句式都可以作为首句，然后逐句推导，形成一首完整的诗。其他三种完整五言律诗的形式如下：

（五律句式二）

平平平仄仄，仄仄仄平平。
仄仄平平仄，平平仄仄平。
平平平仄仄，仄仄仄平平。
仄仄平平仄，平平仄仄平。

大家看到，这两种完整句式的前四句和后四句的平仄是一样的。但是，首句有的时候会入韵，就会造成新的变化，这里只罗列，具体后面讲。

（五律句式三）

仄仄仄平平，平平仄仄平。
平平平仄仄，仄仄仄平平。
仄仄平平仄，平平仄仄平。
平平平仄仄，仄仄仄平平。

（五律句式四）

平平仄仄平，仄仄仄平平。
仄仄平平仄，平平仄仄平。
平平平仄仄，仄仄仄平平。
仄仄平平仄，平平仄仄平。

对于七言近体诗来说，只需要在每个句式前面再加一个音节，也就是两个，但平仄要相反：

平平仄仄平平仄，仄仄平平仄仄平。

仄仄平平平仄仄，平平仄仄仄平平。

使用了这个句式的古诗有朱庆馀《近试上张水部》：

洞房昨夜停红烛，待晓堂前拜舅姑。
妆罢低声问夫婿，画眉深浅入时无。

如果再延长一倍，就是七言律诗：

（七律句式一）
平平仄仄平平仄，仄仄平平仄仄平。
仄仄平平平仄仄，平平仄仄仄平平。
平平仄仄平平仄，仄仄平平仄仄平。
仄仄平平平仄仄，平平仄仄仄平平。

使用了这个句式的古诗有杜甫的《客至》：

舍南舍北皆春水，但见群鸥日日来。
花径不曾缘客扫，蓬门今始为君开。
盘飧市远无兼味，樽酒家贫只旧醅。
肯与邻翁相对饮，隔篱呼取尽余杯。

（七律句式二）
仄仄平平平仄仄，平平仄仄仄平平。
平平仄仄平平仄，仄仄平平仄仄平。
仄仄平平平仄仄，平平仄仄仄平平。

平平仄仄平平仄,仄仄平平仄仄平。

（七律句式三）

平平仄仄仄平平,仄仄平平仄仄平。
仄仄平平平仄仄,平平仄仄仄平平。
平平仄仄平平仄,仄仄平平仄仄平。
仄仄平平平仄仄,平平仄仄仄平平。

（七律句式四）

仄仄平平仄仄平,平平仄仄仄平平。
平平仄仄平平仄,仄仄平平仄仄平。
仄仄平平平仄仄,平平仄仄仄平平。
平平仄仄平平仄,仄仄平平仄仄平。

第二节　粘对

不同的句式到底是按什么规则组合在一起呢？这就涉及诗词格律中一个重要的概念——粘对。

一、术语

为了学习诗词格律，需要先了解一些术语，如白居易《赋得古原草送别》。

术语	出句	对句
第一联（首联）	离离原上草	一岁一枯荣
第二联（颔联）	野火烧不尽	春风吹又生
第三联（颈联）	远芳侵古道	晴翠接荒城
第四联（尾联）	又送王孙去	萋萋满别情

律诗共八句话，通常用逗号和句号把它们划分开。

这八句可以用第一句、第二句、第三句……第八句来指代，其中，第一句就是首句，第八句就是尾句。

然后每两句组成一联，依次为第一联、第二联、第三联、第四联，它们还有个文雅的称呼：首联、颔联、颈联、尾联。

每一联中，前一句是上句，后一句是下句。如果在要求对仗的联句中，又可以称为"出句"和"对句"，"上联"和"下联"。上下联之间相邻的两句则叫"邻句"。

偶数句的最后一个字需要押韵，叫作韵脚。有时候首句入韵，它的最后一个字也是韵脚。所以，一个律诗共有四到五个韵脚。

绝句则只有两联，有两到三个韵脚。

二、对

律诗的出句和对句之间，一般应平仄相反，这就是"对"。比如下例，每一个字的平仄都是相反的：

浮云游子意，落日故人情。

（李白《送友人》）

再如下例，有一个字做了灵活处理：

烽火连三月，家书抵万金。

（杜甫《春望》）

如果是七言律诗，对应关系如下：

日色才临仙掌动，香烟欲傍衮龙浮。

（王维《和贾舍人早朝大明宫之作》）

疏松影落空坛静，细草香生小洞幽。

（韩翃《同题仙游观》）

近体诗要求出句必须以仄声字结尾，对句必须以平声字结尾。另外，这些句型允许变化，下文会仔细拆讲。

三、粘

同一联的出句和对句之间要"对"，上下联的邻句之间要"粘"。

"粘"的本意是把东西互相附着连结在一起，在近体诗中，是指邻句之间使用近似的平仄结构。

出于调节音韵的目的和韵脚必须用平声的要求，"粘"的时候无法做到完全一致。这时候只能"头粘尾不粘"，也就是首先把前两个字的平仄弄一致，然后向后推导。

由于汉语诗歌多以两个字为一小节，重音落在第二个字上，所以，"粘"的时候，首先保证第二个字和第四个字的平仄相同，就可以捋顺全貌了。

这就有点像拉链。它能把两边布料缝合在一起，却又不完全一致，而是犬牙交错，形成错综的美。比如：

……
江入大荒流。
月下飞天镜,
……

（李白《渡荆门送别》）

……
月是故乡明。
有弟皆分散,
……

（杜甫《月夜忆舍弟》）

七言律诗,就是五言律诗的前边加两个字:

……
蓬门今始为君开。
盘飧市远无兼味,
……

（杜甫《客至》）

……
玉殿虚无野寺中。
古庙杉松巢水鹤,
……

（杜甫《咏怀古迹》之四）

四、首句入韵

古人发明了"首句入韵"的特殊格式。这就像动作片电影,在序幕就抛出个"花活儿",抢人耳目。

这就带来了新的变化。本来上句和下句可以"对"得很齐整,现在两句都押韵,意味着都要以平声字结尾,就不可避免地要调整句式。好在我们已经学会"粘"了,这时候就跟"粘"一样,先确定头两个字的平仄,然后推导句式。比如:

凄凉宝剑篇,羁泊欲穷年。

(李商隐《风雨》)

太乙近天都,连山到海隅。

(王维《终南山》)

注意,这里的"羁""泊"是入声字,今后再专门学习。
在七律中,只相当于前面再加两个字:

摇落深知宋玉悲,风流儒雅亦吾师。

(杜甫《咏怀古迹》)

清秋幕府井梧寒,独宿江城蜡炬残。

(杜甫《宿府》)

在创作实践中,五言多"高古",所以首句不入韵者比例很大。但七言以入韵为常态,不入韵则少见。此外,首句入韵后可借用邻韵。

第三节　押韵

诗歌的本质是韵律,这集中体现在押韵上。这一节,我们介绍一下古今常用韵书，以及韵部的划分，古今读音的变化。

一、韵书

（一）方言

我国幅员辽阔，"三里不同乡，十里不同音"，各地方言之间差别很大。不同历史阶段，语音也在流转变化。

为了使不同时间、不同地域的人按照一个标准沟通，早在春秋战国时期，就有官方语言"雅言"。孔子在教学和主持各种仪式时，会使用"雅言"。各个朝代使用的韵书也多以当时官话作为参照。

如今，无论一线城市还是边远山村，无论北方还是南方，基本都能使用普通话交流，语音的发展变化又到了一个新阶段。

（二）历代韵书

隋朝陆法言编纂了《切韵》，这是以后一切韵书的鼻祖。后来这本书逐渐散失，只有敦煌文献中保存了三种残本。

到了唐代，《切韵》被作为科举考试的标准韵书，其地位得到进一步的提高。因此，为《切韵》增字作注的人很多，其中就有孙愐的《唐韵》，它成为当时影响最大的《切韵》增订本。

以上都是精通音韵学的官员的个人行为。到了北宋宋真宗时期，以朝廷名义组织修订了一部韵书——《广韵》，全名《大宋重修广韵》，是中国现存的一部重要韵书，主持修订的是陈彭年等人。

后来历朝历代所通用的《平水韵》，其实是金朝人刘渊主要依据《切韵》《广韵》，把其中"同用"的韵部合并在一起，形成《平水韵》，共有一百零六个韵部。由于刘渊原籍江北平水（今山西临汾），所以该韵书被称为《平水韵》。后来，《平水韵》成为诗人用韵的标尺。

在词的创作方面，并没有任何正式的规定。最初，人们只是把相邻相近的韵部通押，直到清朝人戈载编纂了一部《词林正韵》，该书把韵部大幅合并，分平、上、去三声为十四部，入声为五部，一共是十九个韵部。

（三）《中华通韵》

随着普通话的普及，古代韵书已经适应不了语音的变化。国家语言文字改革委员会出面，中华诗词学会组织专家编纂了《中华通韵》，这部韵书以《新华字典》的注音为依据，将汉语拼音的三十五个韵母划分为十五个韵部。其中，"十四雍"与"十五英"读音相近，在赵京战个人编著的《中华新韵》一书中被视为一个韵部。

由于古今读音的变迁，即便是诗词高手，也无法较全面地掌握诗词创作中所涉及的文字的古音。需要靠日积月累、死记硬背，才能"铁杵磨成针"。而一旦转用《中华通韵》创作，所有音韵问题都迎刃而解。

但初学者仍然有必要从《平水韵》入门，才能真正读懂古人的作品；使用《平水韵》进行创作才能体会音韵中的细微差别。达到一定程度后，就可以自由选择使用《平水韵》还是《中华通韵》了。

二、韵部

相对于《切韵》《广韵》，《平水韵》出现得较晚，也是今日诗人们创作所主要依据的韵书。

《平水韵》共有一百零六韵，其中平声有三十韵，编为上、下两部，称为上平声和下平声。这只是编排上的方便，二者并不存在声调上的差别。

（一）韵部与工具书

近体诗用韵很严格，概括就是：

押平声韵，一韵到底。除首句外，不用邻韵。

由于近体诗只押平声韵，我们就先看看各平声韵部的韵目（每韵的第一个字）：

上平声：一东、二冬、三江、四支、五微、六鱼、七虞、八齐、九佳、十灰、十一真、十二文、十三元、十四寒、十五删。

下平声：一先、二萧、三肴、四豪、五歌、六麻、七阳、八庚、九青、十蒸、十一尤、十二侵、十三覃、十四盐、十五咸。

除了上面的上平声和下平声，还有上声、去声、入声。每个韵部中都有大量的韵部相同或相似的字，需要学习者背诵。它们有一定规律，如果形声字的声旁一致的话，往往就属于同一韵部。

有学者为了方便教学，把相同韵部的常用字编成押韵的口诀，形成工具书，其中典型代表是《声律启蒙》。以下是《声律启蒙》中"下平一先"的部分歌诀：

晴对雨，地对天，天地对山川。山川对草木，赤壁对青田。郏鄏鼎，武城弦，木笔对苔钱。金城三月柳，玉井九秋莲。何处春朝风景好，谁家秋夜月华圆。珠缀花梢，千点蔷薇香露；练横树杪，几丝杨柳残烟。

（二）宽韵、窄韵与险韵

以上各个韵部所包含的字数很不相称。有的韵部字数很多，称为"宽韵"，比如四支、一先；有的字数很少，称为"窄韵"，比如十二文、十五删；有的字数极其少，称为"险韵"，比如三江、九佳。创作时，用"宽韵"选择余地就多，就容易；用"窄韵"乃至"险韵"选择余地就小，就难。

下面这首诗用了上平九佳的"险韵"：

谢公最小偏怜女，自嫁黔娄百事乖。
顾我无衣搜荩箧，泥他沽酒拔金钗。
野蔬充膳甘长藿，落叶添薪仰古槐。
今日俸钱过十万，与君营奠复营斋。

（元稹《遣悲怀》）

（三）邻韵、通韵、出韵

两个韵部如果彼此相邻、读音相似，就算作邻韵，比如一东和二冬、四支和五微。如果把邻韵混在一起通用，就称为通韵。今人常用词韵写古风、辞赋，就是通韵的变体。古体诗可以使用通韵，但近体诗必须严格，只用同一韵部的字，即使这个韵部的字数很少，也不能掺杂其他韵部的字，否则叫作出韵。"出韵"是近体诗的大忌。在考场中，诗出了韵，又称"落韵"，无论诗意怎样高超，只能算作不及格。

但首句入韵例外。首句本不要求入韵，戴着镣铐跳舞的诗人们，就往往从这个多余的韵脚上讨取一些自由，会偶然借用"邻韵"，也就是不拘泥于本诗所依从的韵部，而是借用旁边的韵部。中晚唐以后，首句借韵的情况逐渐增多，到宋朝，竟然成为一种风气，甚至似乎是故意借用邻韵。

十二巫山见九峰，船头彩翠满秋空。
朝云暮雨浑虚语，一夜猿啼明月中。

（陆游《三峡歌》）

这首绝句本来用"上平一东"韵，首句入韵并用邻韵"上平二冬"。

三、韵的应用

诗人在创作时，还会遇到限制用韵的情况。

（一）限韵

在科举考试中，如果指定韵部，就叫"限韵"。这一做法后被应用到文人雅集中。限韵分为两种："限韵不限字""限韵又限字"。

还有一种限韵的方法叫"分韵"。几个人相约赋诗，选择若干字为韵，各人分拈，依拈得之字所在韵部为韵作诗。比如，四个人以"牛年大吉"分韵，就要分别以"下平十一尤""下平一先""去声二十一个""入声四质"为韵作诗。下面这首诗题目中说"得帆字",说明在分韵时抽到了"帆"字,就要用"下平十五咸"为韵。

炉峰绝顶楚云衔,楚客东归栖此岩。
彭蠡湖边香橘柚,浔阳郭外暗枫杉。
青山不断三湘道,飞鸟空随万里帆。
常爱此中多胜事,新诗他日伫开缄。

[刘长卿《送孙逸归庐山(得帆字)》]

(二)和诗

文人雅集和独自创作,还会涉及"赋得""和诗""依韵""次韵""步韵""用韵""叠韵"等。

如果命题作诗,一般会在题目中写上"赋得"——这两个字本来是科举考试命题作诗时用的。比如白居易的名篇《草》,全名是《赋得古原草送别》,这是他在科举考试前做的"模拟试题"。

如果先后酬唱,就叫"和诗"。最初,这种唱和并不一定要用对方的原韵或原韵脚。宋代以后,和诗就差不多要依照对方原韵,叫作"依韵"。如果进一步使用对方的原韵脚所用的字,就叫作"次韵"或"步韵"。

如果用古人某诗原韵,就等于和古人的诗,叫作"用韵";如果用自己某诗的原韵,就叫作"叠韵";如果用了不止一次,可以称为"再叠""三叠"。

绛帻鸡人送晓筹,尚衣方进翠云裘。
九天阊阖开宫殿,万国衣冠拜冕旒。
日色才临仙掌动,香烟欲傍衮龙浮。

第二部分 格律篇 | 051

朝罢须裁五色诏，佩声归到凤池头。

（王维《和贾舍人早朝大明宫之作》）

第四节　声调

　　文字的古今读音不同。在押韵时，我们已经有了"法宝"——直接翻查《平水韵》。但还有一类"拦路虎"，就是大量文字的声调发生了变化。

一、入声字

　　"野径云俱黑，江船火独明"，这句话似乎不合格律。因为上联第五字、下联第四字，本应是仄声。为什么用了平声字？此外，"一片降幡出石头"为什么只有一个字是平声，它符合格律吗？事实上，以上律句都符合格律，只是其中的入声字在今天读音发生了变化。

（一）入派三声

　　入声字是"拦路虎"，如何识别它们呢？可根据声旁归类，比如"福""幅""辐""蝠"，还有"缴""激""檄"。有时候可以用方言判断，比如在部分北方话里，"折"读作"[ʃe]（我个人依据该读音用英语音标形式标注，仅供学诗词者参考，四声）"，广东话里，"一"读作"[yʌ]（四声）"，两个字发音都很短促。但大多数入声字需要专门识记。

　　所谓入声字，是指声调短促、发音时喉咙被阻塞的字。在普通话中，入声已经消失了。原来发音不同、分属不同韵部的入声字，有的在今天读起来就完全一样。比如"乙、亿、邑",在平水韵中分属入声四质、十三职、十四缉不同韵,在普通话读来似乎一样。但如果用闽南语来读,则分得清清楚楚,分别读作[ik][it][ip]。

入声消失后,原来的入声字分散到其他三个声调里,这叫作"入派三声"。一部分入声字变成了现在的上声字、去声字,还属于仄声,对写诗词来说影响不大;另有一部分入声字在普通话中变成了平声字(阴平或阳平),这就值得我们注意了。前面"天子圣哲"的"哲"字就是这种情况。

(二)常见入派平声字简表(198字)

笔画	数量	平声字
一画	1个	一
二画	3个	七八十
三画	5个	兀孑勺习夕
四画	4个	仆曰什及
五画	10个	扑出发札失石节白汁匝
六画	21个	竹伏戍伐达杂夹杀夺舌诀决约芍则合宅执吃汐吸
七画	15个	秃足局角驳别折灼伯狄即劫匣极佛
八画	26个	叔竺卓帛国学实直责诘屈拔刮拉侠狎押胁杰迭择拍迪析刷卒
九画	3个	觉急罚
十画	19个	逐读哭烛席敌疾积脊捉剥哲捏酌格核贼鸭郭
十一画	21个	族渎孰斛淑啄脱掇鸽舶职笛袭悉接谍捷辄掐掘菊
十二画	30个	犊赎幅粥琢揭渤割葛筏跋滑猾跌凿博晰棘植殖集逼湿黑答插颊膝厥隔

(续表)

笔画	数量	平声字
十三画	15个	福辐督電歇搏窟锡颐楫睫谪叠塌牒
十四画	8个	漆竭截碣摘察辖嫡
十五画	7个	熟蝠膝德蝶瞎额
十六画	6个	橘辙薛薄缴激
十七画	1个	蟋
十八画	—	
十九画	—	
二十画	2个	籍嚼

（以现代汉语2500常用字表为范围）

（三）如何识别入声字

入声字在古诗词中的应用非常广泛，随处可见。认识到古代汉语有入声字，在学习古诗词时就好像打开了一扇新的大门，看到与其他人不同的风景。也由于辨析入声字并没有一举奏效的捷径，本书将在"格律篇"的例句中用着重号标识出入声派平声的字，派入上声、去声的入声字不在此列，供读者集腋成裘、聚沙成塔。下面举几个常见古诗词的例句。

　　过江千尺浪，入竹万竿斜。

（李峤《风》）

　　羌笛何须怨杨柳，春风不度玉门关。

（王之涣《凉州词》）

　　劝君更尽一杯酒，西出阳关无故人。

（王维《送元二使安西》）

小时不识月，呼作白玉盘。

（李白《古朗月行》）

千寻铁锁沉江底，一片降幡出石头。

（刘禹锡《西塞山怀古》）

二、平仄两读，含义不变

一些字在古音中平仄两读，且含义不变，以下八个字较为常见。

（一）叹

叹者，"吞叹（声）也，又太息也"（《说文解字》）。它是个形声字，本意是打哈欠，进而引申出赞叹、叹服等含义。

1. 平声（上平十四寒）

所思迷所在，长望独长叹。

（姚崇《秋夜望月》）

驿路崎岖泥雪寒，欲登篮舆一长叹。

（白居易《出使在途所骑马死改乘肩舆将归长安偶咏旅怀寄太原李相公》）

谁氏园林一簇烟，路人遥指尽长叹。

（韦庄《官庄》）

2. 仄声（去声十五翰）

知怀去家叹，经此益迟迟。

（刘禹锡《和令狐仆射相公题龙回寺》）

临风两堪叹,如雪复如丝。

（白居易《樱桃花下叹白发》）

屡别良可叹,闲游不复曾。

（司马光《送刘仲通赴京师》）

（二）看

看者,"睎也"。这是个会意字,上半部是"手",下半部是"目",也就是用手遮住眼睛远望。所以这个字的含义包括注视、探访、料想、看护等,进一步引申为转眼间、试一试等,比如"眼看着""试试看"。

1. 平声（上平十四寒）

惆怅梅花发,年年此地看。

（刘长卿《却归睦州至七里滩下作》）

老病今如此,无人更问看。

（卢纶《卧病书怀》）

乡泪客中尽,孤帆天际看。

（孟浩然《早寒江上有怀》）

2. 仄声（去声十五翰）

短桥多凭看,高堞几登临。

（张祜《题海陵监李端公后亭十韵》）

如今未堪看,须是雪霜中。

（杜荀鹤《题唐兴寺小松》）

乘羊稚子看,拾翠美人娇。

（沈佺期《洛阳道》）

注:"看"这个字今天仍是多音字,但只有在表示"看护""看押"含义时读作一声,其余都读四声。

(三)过

过者,"度也"。过是形声词,声旁"寸"是由"辵(chuò)"简化来的,表示与行走有关,本意是走过、经过。引申为超过、度过、过错、加、拜访等。

1. 平声（下平五歌）

竹引携琴入,花邀载酒过。

（孟浩然《宴荣二山池》）

陈迹向千古,荒途始一过。

（张九龄《商洛山行怀古》）

番禺万里路,远客片帆过。

（刘长卿《送张司直赴岭南谒张尚书》）

2. 仄声（去声二十一个）

雁响天边过,高高望不分。

（司空曙《夜闻回雁》）

归耕岂不佳,努力求寡过。

（陆游《短歌示诸稚》）

二月风帆过,满江春浪生。

（萨都剌《寄志道张令尹》）

注:"过"在古代汉语中,作为"过失"含义时,只能读去声,其他含义可平可仄;在现代汉语中,只有作为专有名词指代国家名或姓氏时读一声,其他都读四声。

（四）望

望者,"出亡在外,望其还也"。这个字本意是盼望,引申为眺望、希望、名望、到、至等。

1. 平声（下平七阳）

未得渡清浅,相对遥相望。

（孟郊《古意》）

命薄类蝉翼,功名安可望？

（陆游《遣兴五首》）

注:"声望"之义时,须读去声。

2. 仄声（去声二十三漾）

两京规制遥相望,六代江山迹未陈。

（文徵明《送冢宰朱玉峰之南京》）

平芜不可望,游子去何如。

（刘长卿《无锡东郭送友人游越》）

注:"望"在现代汉语只有一个读音,读作四声。

（五）忘

忘者，"不识也。"段注："今所谓知识，所谓记忆也。"本意是不记得，进而表示遗失、无、舍弃等。

1. 平声（下平七阳）

厚俸将何用，闲居不可忘。

（白居易《斋居》）

题柱心犹壮，移山志不忘。

（罗隐《投浙东王大夫二十韵》）

命随年欲尽，身与世俱忘。

（文天祥《除夜》）

2. 仄声（去声二十三漾）

六子岂可忘，从我屡厄陈。

（苏轼《和犹子迟赠孙志举》）

斯言如不忘，别更无光辉。

（贯休《白雪曲》）

自古相门还出相，如今人望在岩廊。

（刘禹锡《送李尚书镇滑州》）

注："忘"在古代汉语中，做"声望"含义时只能读作去声。

（六）听

听者，"聆也。"它的繁体字写作"聽"，意思是"耳有所得"，今简化为"听"。它的含义包括：用耳朵感受声音；听从、听任；打听、探听；治理；判决等。

1. 平声（下平九青）

倘忆山阳会，悲歌在一听。

（杜甫《赠翰林张四学士垍》）

山馆夜听雨，秋猿独叫群。

（韦应物《送颜司议使蜀访图书》）

良时不可失，苦语直须听。

（陆游《示元敏》）

2. 仄声（去声二十五径）

海色晴看雨，江声夜听潮。

（祖咏《江南旅情》）

水作琴中听，山疑画里看。

（杜审言《径行岚州》）

为君细说我未暇，试评其略差可听。

（苏轼《和钱安道寄惠建茶》）

（七）醒

醒者，"醉解也"。本来是酒醒，进而表示睡醒、头脑变得清醒、醒悟等含义。

1. 平声（下平九青）

   竹风能醒酒，花月解留人。
   （张谓《夜同宴用人字》）
   绿茗香醒酒，寒灯静照人。
   （朱庆馀《秋宵宴别卢侍御》）
   湍驶风醒酒，船回雾起堤。
   （杜甫《晚秋陪严郑公摩诃池泛舟得溪字》）

2. 仄声（去声二十五径）

   试尝应酒醒，封进定恩深。
   （姚合《寄杨工部闻毗陵舍弟自罨溪入茶山》）
   起因残醉醒，坐待晚凉归。
   （白居易《湖亭晚归》）
   少年狂不醒，夜夜梦伊吾。
   （文天祥《英德道中》）

   注："醒"现代汉语中只有一个读音，读作三声。

（八）思

思者，"睿也"。又《六书总要》："念也，虑也，绎理为思。"本意是思考，引申为思慕，怀念；悲伤，心绪，愁思等。也用作助词，无实意。

1. 平声（上平四支）

> 别叶传秋意，回潮动客思。
>
> （李端《送归中丞使新罗》）
>
> 愿君多采撷，此物最相思。
>
> （王维《相思》）
>
> 养气戒多语，端居如有思。
>
> （陆游《书日用事》）

2. 仄声（去声四寘）

> 西陆蝉声唱，南冠客思侵。
>
> （骆宾王《在狱咏蝉》）
>
> 秋草行将暮，登楼客思惊。
>
> （刘长卿《同诸公登楼》）
>
> 露草百虫思，秋林千叶声。
>
> （刘禹锡《秋晚新晴夜月如练有怀乐天》）

注：传统上认为在古汉语中，"思"作动词时读平声，表示"悲"之意和作名词时读仄声。实际上研究古人作品会发现，平仄两读的例子也不少。

三、古今相类的多音字

有的字平仄两读，但读音不同，词义就不同，并且沿用至今。这类字最容易识记：

中、供、骑、为、重、分、观、间、燕、扇、便、扁、传、要、调、教、荷、和、华、兴、强、长、相、正、称、禁、占、当。

（一）中

中者，"内也"。甲骨文字的"中"字像旗杆，上下有旌旗和飘带，旗杆正中竖立。所以，中的本意是内、里，可以引申为内心、中间、中等、适中等，以上都读作平声（zhōng）；当它作动词，表示射中目标、中伤别人时，读作仄声（zhòng）。

1. 平声（上平一东）

今日与君临水别，可怜春尽宋亭中。

（元稹《送孙胜》）

久别偶相逢，俱疑是梦中。

（白居易《逢旧》）

世故中年别，余生此会同。

（李益《赠内兄卢纶》）

2. 仄声（去声一送）

思飘云物外，律中鬼神惊。

（杜甫《敬赠郑谏议十韵》）

大度宁猜阻？群言自中伤。

（陆游《太师魏国史公挽歌词》）

(二) 重

重者,"厚也"。又《广韵》:"更为也。"这个字的本意是"厚",与轻相对应,现代汉语有个字叫"厚重(zhòng)",其实是一个意思。进而可以指代所有感觉更"重"的事物,比如重要的事、高贵的人或者重视的行为。"重"在表示"再""又""还"时,也念"zhòng"。当它作平声(chóng)时,意思是"重叠""成对""再次"等。

1. 平声(上平二冬)

望气登重阁,占星上小楼。

(王绩《晚年叙志示翟处士》)

铢衣千古佛,宝月两重圆。

(卢照邻《石镜寺》)

尽见三重阁,难迷百尺楼。

(吴融《败帘六韵》)

2. 仄声(去声二宋、上声二肿)

露重飞难进,风多响易沉。

(骆宾王《在狱咏蝉》)

小虫心在一啄间,得失与世同轻重。

(黄庭坚《戏题小雀捕飞虫画扇》)

(三) 教

教者,"上所施、下所效也"。可以通过词性区分它的两个读音。作名词时是仄声（jiào），意思是教化，可以组成教师、教室、教父等词汇；作动词时是平声（jiāo），意思是"传授""使、让、令"，可以组成教课等词汇。

1. 平声（下平三肴）

但使龙城飞将在，不教胡马度阴山。

（王昌龄《出塞》）

有客须教饮，无钱可别沽。

（王绩《过酒家五首》其五）

掌上初教舞，花前欲按歌。

（白居易《把酒思闲事二首》其二）

2. 仄声（去声十九效）

下辇崇三教，建碑当九门。

（苏颋《奉和圣制过晋阳宫应制》）

传教多离寺，随缘不计程。

（姚合《送僧游边》）

（四）骑

骑者，"跨马也"。这个也是按词性区分读音。它的本意是跨在马背上，也就是骑马，是动词，读平声（qí）；当它作名词时意思是骑马的人，读仄声（jì）。

1. 平声（上平四支）

春风骑马醉，江月钓鱼歌。

（刘长卿《同姜濬题裴式微余干东斋》）

别有月帔上，寄怀骑鹤仙。

（李郃《游九疑黄庭观》）

直愁骑马滑，故作泛舟回。

（杜甫《放船》）

2. 仄声（去声四寘）

一骑红尘妃子笑，无人知是荔枝来。

（杜牧《过华清宫绝句》）

秋风散千骑，寒雨泊孤舟。

（刘长卿《送李使君贬连州》）

白羽三千骑，红林一万层。

（卢纶《奉陪侍中春日过武安君庙》）

四、古代特有的多音字

部分汉字在古代汉语中平仄两读，但往往含义不同；但在现代汉语中，一般只有一个读音。此类汉字须留意辨析：

雍、从、离、吹、施、治、衣、疏、论、殷、闻、翰、旋、烧、那、颇、王、浪、傍、令、胜、乘、不、任。

（一）从

从者，"相听也"。另一义，"本作从。随行也"。从作动词时读平声（cóng），意思是跟随、追赶、听从、参与；作介词时也读平声，意思是"自、由"。以上古今一致。但是，当它作名词或形容词时，就读仄声（zòng），意思是"随行的（人）"；它还是"合纵"的"纵"的通假字，表示"竖、直"的意思。

1. 平声（上平二冬）

声名从此大，汩没一朝伸。
（杜甫《寄李十二白二十韵》）
山人今不见，山鸟自相从。
（刘长卿《栖霞寺东峰寻南齐明征君故居》）
掷地金声著，从军宝剑雄。
（刘长卿《落第赠杨侍御兼拜员外仍充安大夫判官赴范阳》）

2. 仄声（去声二宋）

顾我由群从，逢君叹老成。
（李商隐《送千牛李将军赴阙五十韵》）
衣冠却扈从，车架已还宫。
（杜甫《收京》）
款颜因侍从，接武在文章。
（沈佺期《答魑魅代书寄家人》）

(二) 论

论者，"议也"。论的本意是"议"，也就是讲道理。它的形旁是"言"，表示与说话有关；声旁是"仑"，"思想""道理"

的意思；所以，这个字合起来就是"讲道理"，引申为议论、观点、评定等。一般情况下，它在作动词时读作 lún，作名词时读作 lùn。但在现代汉语中，除"论语"这个专有名词外，已无 lún 的读音。

1. 平声（上平十三元）

> 凛凛悲秋意，非君谁与论。
>
> （杜甫《送裴五赴东川》）
>
> 调与时人背，心将静者论。
>
> （张继《感怀》）
>
> 握手一相送，心悲安可论。
>
> （王维《送岐州源长史归》）

2. 仄声（去声十四愿）

> 还将齐物论，终岁自安排。
>
> （张祜《题曾氏园林》）
>
> 清论满朝阳，高才拜夕郎。
>
> （宋之问《和姚给事寓直之作》）
>
> 隐居不可见，高论莫能酬。
>
> （孟浩然《梅道士水亭》）

（三）令

令者，"发号也"。令是"发号"的意思。当名词时读作（lìng），意思是命令、法令，进一步包括县令、时令的令等。当动词和连词时读作（líng），意思是使、让、假设、如果。

1. 平声（下平八庚）

但令归有日，不敢怨长沙。

（宋之问《度大庾岭》）

独令高韵在，谁感隙尘深。

（于武陵《匣中琴》）

纵令无月夜，芳兴暗中深。

（刘禹锡《春有情篇》）

2. 仄声（去声二十四敬）

独立扬新令，千营共一呼。

（卢纶《和张仆射塞下曲》其一）

时寻汉阳令，取醉月中归。

（李白《醉题王汉阳厅》）

雷电颁时令，阳和变岁寒。

（白居易《自江州司马授忠州刺史仰荷圣泽聊书鄙诚》）

（四）胜

胜本作"勝"："任也，从力。"它读仄声（shèng）时，意思是胜利、制服、战胜、超过、特别美好的等；读平声（shēng）时，意思是禁得住、穷尽。

1. 平声（下平十蒸）

> 作吏荒城里，穷愁欲不胜。
>
> （姚合《武功县中作三十首》其十四）
>
> 纵使逢人见，犹胜自见悲。
>
> （李益《罢镜》）
>
> 犹胜拥朱墨，终日坐埃尘。
>
> （司马光《小园晚饮》）

2. 仄声（去声二十五径）

> 不是烦形胜，深惭畏损神。
>
> （杜甫《上白帝城二首》其一）
>
> 还闻战得胜，未见敕招回。
>
> （杜荀鹤《望远》）
>
> 江山留胜迹，我辈复登临。
>
> （孟浩然《与诸子登岘山》）

第五节　拗救

近体诗的格律并非一成不变，而是十分灵活，但又有一定规矩。关于声韵，最难的环节是"拗救"。所有标准律句格式以外的变化，统称"拗救"，它又包括三种情况：小拗不救、大拗必救、特殊拗救。学完这一节，你会发现，所谓严格的格律，其实充满灵活的余地：一首七言绝句共有28个字，竟然有12个字可以调整平仄。

一、"一三五不论，二四六分明"

如果完全按照律句的格式创作，束缚太大，古人找到了变通的办法。

实践发现，第一、三、五字处在单数位置，偶然变通，不太影响声韵；第二、四、六字处在偶数位置，如果变通，就会严重影响声韵。于是，古人总结出一个规律：

一三五不论，二四六分明。

也就是说，在四种常见句式中，每逢一、三、五，均可自由调整平仄（圆圈位置是可以调整平仄的位置）：

⊕平仄仄⊕平仄
⊕仄⊕平⊕仄平
⊕仄⊕平⊕仄仄
⊕平⊕仄⊕平平

这个歌诀很重要，但又不准确。
一方面，第五个字，有两种特殊情况。
下例第五字不允许调整平仄，如该仄为平，就犯"三平调"：

⊕平⊕仄仄平平 → ⊕平⊕仄平平平（✗）

下例第五个字，虽然可以调，但必须在本句或对句补救：

⊕平⊗仄⊕平仄 → ⊕平⊗仄平仄，仄⊗平平仄平

另一方面，第六个字，有两种情况允许改平仄，但也需要补救，乃至形成特殊拗句：

⊗仄⊕平平仄仄 → ⊗仄⊕平平仄平
⊕平⊗仄⊕平仄 → ⊕平⊗仄平仄，仄⊗平平仄平

也就是说，更准确的说法是：

一三不论，二四分明。

具体分析见下文。

二、小拗不救

所谓"一三五不论"，基本属于"小拗不救"的范畴。但古人会下意识地挽救一下，常见的有以下三类情形。

（一）本句自救

一般发生在七言律句中，往往是第一个字改变平仄，就联动调整第三个字。

夕阳城上角偏愁。

（李嘉祐《同皇甫冉登重玄阁》）

夜钟残月雁归声。

（高适《夜别韦司士得城字》）

同作逐臣君更远。

（刘长卿《重送裴郎中贬吉州》）

（二）对句相救

五言律句的第一个字，或七言律句的第一个字、第三个字，如果改变平仄，就在对句相应位置也作调整。

闲遣青琴飞小雪，自看碧玉破甘瓜。

（鲍溶《夏日怀杜惊驸马》）

马上折残江北柳，舟中开尽岭南花。

（许浑《南海府罢南康阻浅行侣稍稍登陆而遇宴饯至频暮宿东溪》）

远山笼宿雾，高树影朝晖。

（元稹《早归》）

（三）自救＋相救

虽然"小拗不救"是常态，但古人常在本句和对句作相应调整，有时候看起来既在本句自救，又在对句相救。

金阙晓钟开万户，玉阶仙仗拥千官。

（岑参《奉和中书舍人贾至早朝大明宫》）

唯对松篁听刻漏，更无尘土翳虚空。

（韩偓《雨后月中玉堂闲坐》）

将谓独愁犹对雨，不知多兴已寻山。

（白居易《雨中赴刘十九二林之期及到寺刘已先去因以四韵寄之》）

二、大拗必救

有的位置要求比较严格，应平而仄或应仄而平，就属出律，必须救。主要发生在七言"平起仄收式""仄起平收式"中，并且主要发生在第三、五个字上。详见下表：

句式名称	五言	拗救方式
仄起平收式	平平仄仄平	第三个字拗，本句第五个字救
平起仄收式	仄仄平平仄	第五个字拗，本句第三个字救，或下句第五个字救，或二者兼救
仄起仄收式	平平平仄仄	一、三、五均为小拗，可不救
平起平收式	仄仄仄平平	一、三小拗，第五个字不可拗

七言句式分别用上例各在开头加两个字即可。

（一）仄平平仄平

在"平平仄仄平"句式中，如果五言第一个字该平而仄，就会造成"孤平"（指除韵脚外只有一个平声，读起来比较压抑和滞涩），必须得救，方法是把第三个字改成平声。因而就形成了"仄平平仄平"的常见拗句。注意，如果五言第三个字该仄而平，形成"平平平仄平"，并不影响什么。

夕阳千万山。

（刘长卿《秋杪江亭有作》）

弱年成一门。

（卢纶《送姨弟裴均尉诸暨》）

雨随阶下云。

(孟浩然《同王九题就师山房》)

雪猿清叫山。

(孟郊《送殷秀才南游》)

雁来愁望时。

(刘禹锡《秋日书怀寄白宾客》)

七言只相当于在五言前加两个字。

五亩就荒天一涯。

(高适《重阳》)

野艇送僧披绿莎。

(许浑《赠茅山高拾遗》)

山雨欲来风满楼。

(许浑《咸阳城东楼》)

(二)平仄仄平仄

在"仄仄平平仄"句式中,为避免孤平,如果第五个字仄,就必须救。救的方法有三种:本句自救、对句相救、自救+相救。

有的学者认为"平仄仄平仄"句式必须在对句相救。我个人在创作时,也遵循对句相救的原则。

但实际上,古人在本句自救的情况很常见,以至于形成"平仄仄平仄"的常见拗句。这里选择一些著名诗人各举一个范例:

寥落百年事。

(卢照邻《晚渡渭桥寄示京邑游好》)

言避一时暑。

（孟浩然《夏日与崔二十一同集卫明府宅》）

山鸟下厅事。

（李白《赠崔秋浦三首》其一）

群盗至今日。

（杜甫《送司马入京》）

公府日无事。

（岑参《敬酬李判官使院即事见呈》）

七言只相当于五言前加两个字。

尽抛今日贵人样。

（刘禹锡《和仆射牛相公寓言二首》其一）

雨中草色绿堪染。

（王维《辋川别业》）

谁言宰邑化黎庶？

（李嘉祐《承恩量移宰江邑》）

更常见、稳妥的做法是，在对句第五个字相救。与对句结合，乃至形成第（三）条所列句式。

（三）⊗仄仄平仄，⊕平平仄平

以上两个句式连在一起会形成如上句式。画圈表示一定条件下可平可仄。共有以下几种可能性：

这两句往往在一联中作为上句和下句同时出现，因此形成各种可能的情况。

人事有代谢，往来成古今。

（孟浩然《与诸子登岘山》）

寂寂竟何待，朝朝空自归。

（孟浩然《留别王侍御维》）

竹实满秋浦，凤来何苦饥。

（李白《赠柳圆》）

交乃意气合，道因风雅存。

（李白《别韦少府》）

斫却月中桂，清光应更多。

（杜甫《一百五日夜对月》）

已近苦寒月，况经长别心。

（杜甫《捣衣》）

向此有营地，忽逢无事人。

（于武陵《长安逢隐者》）

隐咏不夸俗，问禅徒净居。

（孟郊《题林校书花严寺书窗》）

七言的例子也有很多。

长堤冻柳不堪折，穷腊使君单骑行。

（梅尧臣《送乐职方知泗州》）

野桃含笑竹篱短，溪柳自摇沙水清。

（苏轼《新城道中二首》其一）

故园更在北山北，佳节可怜三月三。

（王铚《别张有强》）

三、特拗特救

一般来讲,"二四六分明",也就是说,偶数的字因在音节重音所在,所以一般不允许调整平仄。尤其是七言第六个字(五言第四个字),是重要的节奏点,本来应该严格依从格律。古人却循例形成两类特殊拗句,他们都在七言第六个字、五言第四个字上调整了平仄,也因此必须救,形成了两种固定句式。列表如下:

句式名称	特殊拗救方式	拗救后的格式
⊕平平仄仄	五言第四个字拗,本句第三个字救	⊕平仄平仄
⊘仄平平仄,⊕平平仄平	五言第四个字拗,下句第三个字救	⊘仄平仄仄,⊕平平仄平平

七言则在五言前加两个字。

(一) ⊕平平仄平仄

由于七言的"仄仄平平平仄仄"与五言的"平平平仄仄"是同一个句式,为了简便起见,仍然用五言句式来讲解。

在五言"平平平仄仄"句式中,如果把第三个字和第四个字调换一下位置,就会形成"平平仄平仄"的特殊句式。这种句式最初多见于尾联,用在律诗的第七句话的位置,用于调整一下节奏,成为初唐的一种风尚。随着时间推移,人们把这种特殊句式应用到了所有联句,首、颔、颈、尾全都可用。

1. 句式 A：平平仄平仄

> 红颜弃轩冕，白首卧松云。
>
> （李白《赠孟浩然》）
>
> 何当击凡鸟，毛血洒平芜。
>
> （杜甫《画鹰》）
>
> 黄云断春色，画角起边愁。
>
> （王维《送平淡然判官》）
>
> 苍梧白云远，烟水洞庭深。
>
> （孟浩然《送袁十岭南寻弟》）

这种句式在七言近体诗中也非常常见。

> 莫怪无心恋清境，已将书剑许明时。
>
> （李白《别匡山》）
>
> 已忍伶俜十年事，强移栖息一枝安。
>
> （杜甫《宿府》）
>
> 北客初来试新险，蜀人从此送残山。
>
> （苏轼《石鼻城》）
>
> 莫问长安在何许，乱山孤店是松滋。
>
> （陆游《晚泊松滋渡口二首》其二）

由于五言句式的第一个字本身是可平可仄的，所以偶然会出现"仄平仄平仄"的跳跃式的句式，并且五言近体诗可追求高古，所以允许此类句式。

2. 句式 B：仄平仄平仄

我来竟何事，高卧沙丘城。

（李白《沙丘城下寄杜甫》）

自从失词伯，不复更论文。

（杜甫《怀旧》）

洗心讵悬解，悟道正迷津。

（王维《与胡居士皆病寄此诗兼示学人二首》其二）

故人具鸡黍，邀我至田家。

（孟浩然《过故人庄》）

但它基本不会应用到七言近体诗中，大诗人李白、杜甫、王维、孟浩然更是无一例句，宋人诗句中偶然可见，不足作为范例。可见我们在创作七言近体诗时要规避它。

不得讲书一行字，倚遍临江百尺楼。

（陆游《次韵师伯浑见寄》）

对著酒船手持蟹，管渠秋井骨生苔。

（杨万里《和章汉直》）

（二）仄仄平仄仄，平平平仄平

一般初学者都不会接触"仄仄平仄仄"这种句式，在很多诗词格律手册中也很少提及它。但王力对此进行了总结，发现古人较常用，并且在格律十分成熟的中晚唐、南北宋都有所使用，所以列为特拗句。它是必须救的，而且需要在对句相救，也就是五言对句的第三个字必须改为平声。

1. 句式 A：⓪仄平仄仄

汉水波浪远，巫山云雨飞。

（李白《江上寄巴东故人》）

浩浩终不息，乃知东极临。

（杜甫《长江二首》其二）

一点无俗气，相期林下风。

（苏轼《答子勉三首》其二）

冒雨莺不去，过春花续开。

（陆游《小宴》）

七言句式只相当于在五言前面加两个字，本应该是"平平"，也可以是"仄平"：

今朝腊月春意动，云安县前江可怜。

（杜甫《十二月一日三首》其一）

长津欲度回渡尾，残酒重倾簌马蹄。

（白居易《北楼送客归上都》）

吾庐想见无限好，客子倦游胡不归。

（苏轼《和子由四首》其三）

江边晓雪愁欲语，马上夕阳香趁人。

（陆游《园中赏梅》）

2. 句式 B：平仄平仄仄
注意，五言律句"仄仄平平仄"的第一个字照例是可平可仄的，所以这个句式还能变通为"平仄平仄仄"。

> 江敛洲渚出，天虚风物清。
> （杜甫《独坐》）
> 双燕初命子，五桃新作花。
> （王维《杂诗》）
> 三界无所住，一台聊自宁。
> （苏轼《观台》）
> 秋水清见底，晓云深几重？
> （陆游《野兴》）

此式的七言句式较为少见。只有到了晚唐和宋朝，才零星出现：

> 牛歌鱼笛山月上，鹭渚鸶梁溪日斜。
> （杜牧《登九峰楼》）
> 小桥连驿杨柳晚，废寺入门禾黍高。
> （温庭筠《送客偶作》）
> 留连芳物佳节过，束带还来朝未央。
> （欧阳修《送公期得假归绛》）
> 神情萧散林下气，玉雪清莹闺中姿。
> （曾几《瓶中梅》）

第六节　诗病

上一节讲了可以灵活机动的做法，这一节就要介绍错误的做法。单个律句就可能会出现平仄错误，进而两个律句搭配在一起时又可能出现错误,即便平仄本身没问题,还可能出现上尾、出韵等问题,这些都属于诗病,要尽可能避免。

一、孤平和三平调

单个律句,可能出现三种错误:孤平、三平调和其他出律。

(一)孤平

对于到底什么是孤平,目前没有准确的定义,有狭义和广义两种说法。

1. 狭义孤平

狭义的孤平,特指五言句式"平平仄仄平"中,第一个字该平而仄:

平平仄仄平→仄平仄仄平(X)

我们试着找几个反面例子:

斗酒勿为薄,寸心贵不忘。

(李白《南阳送客》)

夜深露气清,江月满江城。

(杜甫《玩月呈汉中王》)

上述错误例句中,加方框的字就是出律的字。在七言句式中,就相应地指第五个字该平而仄:

将军少年㊀武威,入掌银台护紫微。

(李白《赠郭将军》)

霜黄碧梧㊁鹤栖,城上击柝复乌啼。

(杜甫《暮归》)

有人说,连李白、杜甫都有孤平的例句,这种格式是不是并不算错误?不能这么理解。这种句式很罕见,在李、杜本人作品中也极罕见,因而不能作为依据。

2. 广义孤平

有人认为,五言律句中,凡两仄夹一平就算孤平,这就涵盖了以下四种情况,分别分析如下:

仄仄平平仄→㊀仄仄平仄,平平平仄平(√)

这属于特拗句,已经形成对句相救的特拗句式,可用。

平平仄仄平→仄平仄仄平(X)

这属于拗而未救,不合格律,应该救,改为"仄平平仄平"即可。

平平平仄仄→仄平仄仄仄(X)

第一个字和第三个字本来均可以拗,但不能同时拗,否则就造成孤平,不可,也无救。

仄仄平平仄→⃞仄⃞平仄仄，平平平仄平（√）

这属于特拗句，可以对句相救，形成"⃞仄⃞仄仄平仄，⃞平⃞平平仄平"的固定句式，可用。

3. 例句分析

楚王⃞宠⃞莫盛，息君情更亲。（宋之问《息夫人》）

错误！必须改。上句"宠"改平声。

客醉山⃞月⃞静，猿啼江树深。（宋之问《端州别袁侍郎》）

特殊拗句，下句已救，可以。

不用⃞五⃞丁士，如何九折通。

（李峤《牛》）

错误！或者上句第三个字改平声，或者下句第三个字改平声，当然两处都改也可以。

七言句式的头两个字，无论平仄都不影响孤平的认定：

阳春已归⃞鸟⃞语乐，溪水不动鱼行迟。

（王安石《太白岭》）

此诗不仅犯孤平，应把上句第五个字改平声；而且犯三平调，应把下句第五个字改仄声；最后，两联之间还失对，应调整

"春""水"二字的平仄对调。

> 黄云塞路乡<u>国</u>远,鸿雁在天音信稀。
>
> （曾巩《明妃曲二首》其一）

此诗犯孤平,但下句做了补救,可以。

> 晴川历历<u>汉</u>阳树,芳草萋萋鹦鹉洲。
>
> （崔颢《黄鹤楼》）

此诗犯孤平,下句做了补救,可以。

（二）三平调

1. 三平调（不允许）

三平调在古风中经常出现,显得十分高古。但在近体诗中,是严禁出现的。它特指"仄仄仄平平"句式的第三个字该仄而平:

> 仄仄仄平平→<u>仄</u>仄平平平（×）
> 天长落日远,水净<u>寒</u>波流。
>
> （李白《登新平楼》）
>
> 拂衣何处去,高枕<u>南</u>山南。
>
> （孟浩然《京还赠张维》）
>
> 今日洛桥还醉别,金杯翻污<u>麒</u>麟袍。
>
> （白居易《醉送李二十常侍赴镇浙东》）

草色全经细雨湿，花枝欲动│春│风寒。

（王维《酌酒与裴迪》）

2. 三仄尾（允许）

有人依据三平调又提出一个三仄尾的说法，认为诗句最后三个字都是仄声也不行。整体来看，古人成句很多，且诗词格律研究专家王力、启功、龙榆生等人都未提及"三仄尾"，所以此不应该看作出律。

云霞│出│海曙，梅柳渡江春。

（杜审言《和晋陵陆丞早春游望》）

霜威│出│塞早，云色渡河秋。

（李白《太原早秋》）

星临│万│户动，月傍九霄多。

（杜甫《春宿左省》）

念我能书│数│字至，将诗不必万人传。

（杜甫《公安送韦二少府匡赞》）

莫道烟波一水隔，何妨气候两乡殊。

（白居易《雪中即事答微之》）

但怪云山│不│改色，岂知江月解分身。

（苏轼《次韵赠清凉长老》）

二、失粘和失对

上、下句之间的出律现象，表现为"失对"或"失粘"。一般来讲，"失粘"比较常见，"失对"较少出现。

（一）失粘

上、下联的邻句之间要"粘"，也就是第二、四、六等关键位置应平仄一致，否则应该拗而后救。若未救或不能救，就违反了"粘"的规则，就叫"失粘"。

单车欲问边，属国过居延。征蓬出汉塞……

（王维《使至塞上》）

在这首诗中，第三句与第二句是邻句，本来应该"粘"起来，形成"仄仄平平仄"句式，但作者误用了"平平平仄仄"句式。

摇落深知宋玉悲，风流儒雅亦吾师。
怅望千秋一洒泪……

（杜甫《咏怀古迹五首》其二）

第三句本来应该"粘"上第二句，杜甫误用了"仄仄平平平仄仄"句式。注意，第三句的第五个字本来应该是平声，但允许变化为仄声。

（二）失对

同一联的出句和对句之间要"对"，亦即两句关键位置平仄相反，除了被允许的情况，其他都算违反了"对"的规则，就叫"失对"。相对而言，近体诗中"失对"的例子较少。

将军胆气雄，臂悬两角弓。

（杜甫《寄赠王十将军承俊》）

出句是"平平仄仄平",依据首句入韵时的粘对方法,对句应该是"仄仄仄平平"。但杜甫误用了"平平仄仄平"句式,与出句竟然一样,而且首字应平而仄却未救,还犯了一个"孤平"的严重错误。

然而,有的时候,"失对"是有意为之。例如:

白帝城中云出门,白帝城下雨翻盆。
（杜甫《白帝》）

上句的头两个字声调是"仄仄",下句的头两个字本来应该是"平平",杜甫在这里为了达成强烈的对比效果,连用两个"白帝",自然就"对"不上了。这就是有意为之。

杜甫还有另外一首绝句,也为了诗意而不拘平仄:

黄四娘家花满蹊,千朵万朵压枝低。
（杜甫《江畔独步寻花七绝句》）

杜甫为了强调"花满蹊",使用"千朵万朵"这个熟语。显然不宜为了凑平仄而改为其他字。

总的来说,无论"失粘"还是"失对",都是近体诗创作的大忌。初学者在学习和实践时,还是要严格遵守格律,先"入得规矩",再"出得规矩"。

三、出韵和上尾

在用韵方面,容易出现的错误是出韵、上尾。

（一）出韵

"出韵"是近体诗的大忌。在考场中，诗出了韵，又称"落韵"，无论诗意怎样高超，只好算作不及格。

现在被广泛认可的方式是，写诗用平水韵，写词用词林正韵，写曲用中原音韵；诗词曲均可用"中华通韵"（又称"新韵"）。无论用旧韵还是新韵，只要符合所采信的韵书标准即可。也有人倾向于使用旧韵，但用较宽的韵部，尚不作为通行标准。

今人写诗词可能会出韵，古人也如此。唐代诗人贺知章《回乡偶书》就出韵了。

少小离家老大回，乡音无改鬓毛衰。
儿童相见不相识，笑问客从何处来。

贺知章所在的年代应该通行《切韵》，《平水韵》就是由它衍生来的。诗中，回、来是上平十灰，衰是上平四支，出韵了。

元稹的《行宫》也是如此：

寥落古行宫，宫花寂寞红。
白头宫女在，闲坐说玄宗。

宫、红是上平一东，宗是上平二冬，用了邻韵，属于出韵。注意，近体诗首句如果入韵，允许用邻韵。

（二）上尾

律诗一、三、五、七句的尾字应该是仄声，仄声又可以分为上、去、入三声,那么,以仄声收尾时要不要注意更具体的声调呢?

1. 理想形式

有学者评价杜甫诗作十分精良,说:"老杜律诗,单句句脚必平、上、去、入俱全。"单句就是出句,如果首句入韵,句脚用平声,其他三句分摊上、去、入三声,就达到"四声迁用"的理想境界了。

胡马大宛名(平),锋棱瘦骨成。
竹批双耳峻(去),风入四蹄轻。
所向无空阔(入),真堪托死生。
骁腾有如此(上),万里可横行。

(杜甫《房兵曹胡马诗》)

丞相祠堂何处寻(平),锦官城外柏森森。
映阶碧草自春色(入),隔叶黄鹂空好音。
三顾频烦天下计(去),两朝开济老臣心。
出师未捷身先死(上),长使英雄泪满襟。

(杜甫《蜀相》)

2. 如何规避

实际上,中唐以后,尤其宋朝以来,对于单数句句脚的"四声迁用"就越发不讲究了。甚至有的时候四个字都是一个声调,读起来就十分机械和拗口,这就属于"上尾"。王力把上尾区分为三个层面:

(1)小病:上下临近的两句尾字声调相同。

（2）大病：连续三个单数句尾字声调相同。

（3）重病：连续四个单数句，或首句入韵的其他三个单数句的聚焦声调都相同。

建议初学者应避免重病、大病，有一定水平的诗词创作者，应把小病也规避掉。

来看几个反面例子：

积石横成岭（上），行杨密映门。
人声隐林杪（上），僧舍绕云根。
顿摄尘缘尽（去），方知象教尊。
只应羊叔子（去），名字与山存。

（陈师道《游鹊山院》）

古木无人地（去），来寻羽客家。
道书堆玉案（去），仙帔叠青霞。
鹤老难知岁（去），梅寒未作花。
山中不相见（去），何处化丹砂。

（刘长卿《寻洪尊师不遇》）

第三章　对仗

俗话说，学手艺要学精。能不能创作出精良的对仗，是衡量一个诗人创作水平的重要标准。

到底什么样的对仗是好的，什么是被允许的，什么是有瑕疵应该避免的？学完本章，街面上、电视剧里那些粗糙的对联，在你眼里就会无所遁形。

这一章首先解决对仗的基础知识，包括什么是对仗，什么情况下使用它，对仗的基本要求，以及对仗的评判标准。然后会介绍对仗的高级技巧。包括三种必须工对的情况、两种借对、三种特殊对仗和三种对仗方面的诗病。学完本章，就能够更加"随心所欲而不逾矩"。

第一节　认识对仗

对仗，是一个诗词专用术语，也是近体诗的基本功。在古代私塾里，先生与学生经常"对对子"，这就是在练习对仗。

一、什么是对仗

（一）由来

秦始皇遇刺后，设立了皇宫卫队，他们两两相对，排成两列，叫作"仗",相当于我们现在的"仪仗"。对仗的叫法即源于此。

  对仗是古人对音乐美、建筑美追求的结果。由于汉语大多是单音节字,所以便容易形成两两相对的句子。它在我国文学中由来已久,远在两千多年前的《诗经》中已初具雏形:

  昔我往矣,杨柳依依;今我来思,雨雪霏霏。

(《诗经·小雅·采薇》)

在这首诗中,前面八个字和后面八个字形成对照关系。

  与天地兮同寿,与日月兮齐光。

(屈原《楚辞·九章·涉江》)

在屈原的这首楚辞中,前一句和后一句形成对照关系。

  时间到了两汉,赋成为代表性的文学形式,更加追求形式上的整饬美,辞藻华丽优美,有时候全篇大多形成"骈四俪六"的偶句:

  且夫天地为炉兮,造化为工;阴阳为炭兮,万物为铜。

(贾谊《鵩鸟赋》)

三国时著名诗人曹植写过一篇名赋:

  翩若惊鸿,婉若游龙。荣曜秋菊,华茂春松。仿佛兮若轻云之蔽月,飘飖兮若流风之回雪。

(曹植《洛神赋》)

两汉时期诗歌已经变得齐整,比如下面一些摘句:

浮云起高山,悲风激深谷。
（秦嘉《赠妇诗三首》其二）
胡马依北风,越鸟巢南枝。
（《古诗十九首》）
青青河畔草,郁郁园中柳。
（《古诗十九首》）

但以上都只是形似,并非严格意义上的对仗。《诗经》和汉赋多有重字,平仄也不对；两汉诗歌虽然十分整齐,但声律不严谨。

南北朝时期,人们逐渐发现声韵的规律；到了唐朝初年,近体诗定型。这时候中规中矩的对仗才成为主流。下面这首诗前三联均对仗,格律严整。

西陆蝉声唱,南冠客思侵。
那堪玄鬓影,来对白头吟。
露重飞难进,风多响易沉。
无人信高洁,谁为表予心？
（骆宾王《在狱咏蝉》）

（二）特征

那到底什么是对仗呢？对仗起源于古诗和辞赋,定型于近体诗,是近体诗相对独具的、必须掌握的特殊创作技法,后来部分应用于词,精妙阐发于对联。

用现代汉语知识来分析，工稳的对仗，通常字数相等、词性相类、平仄相对、词义对称、结构相仿，在涉及颜色、数目、方位时必须工对，还有借音对、借义对、流水对、扇面对、无情对、错综对、偷春格等诸多特殊形式，一般上下联相同位置没有重字，上下联也不能雷同。

但是，不能为了拼凑对仗就背离事实。宋人李廷彦写了一首百韵诗献给长官，里面有一句："舍弟江南没，家兄塞北亡"。长官看了很是感慨，说："你家可真惨啊。"李廷彦说："那都是没有的事，我就是为了押韵。"旁边有人接话道："那你为啥不说'爱妾眠僧舍，娇妻宿道房'？这样至少还能保住兄弟。"你看，为了属对，不顾事实虚构情节，成为别人笑柄！

需要注意的是，对仗不是对偶。现代诗文中一些似对非对的句子，及一些宣传口号，都属于"对偶"，而不算对仗。

你站在桥上看风景，看风景的人在楼上看你。
明月装饰了你的窗子，你装饰了别人的梦。

（卞之琳《断章》）

做文明使者，创美好未来。

（宣传口号）

优化社区秩序、美化社区环境、完善社区服务。

（宣传口号）

二、何时使用对仗

近体诗有三种：绝句、律诗和排律。它们各自的要求如下：

体裁	要求
绝句	不要求对仗
律诗	中间两联一般应对仗
排律	除首尾外,其余各联均应对仗

(一)绝句

可对可不对,整首绝句完全不对仗也没问题:

　　山中相送罢,日暮掩柴扉。
　　春草年年绿,王孙归不归。

　　　　　　　　　　　　　　(王维《送别》)

有的绝句首联对仗,第二联不对仗:

　　功盖三分国,名成八阵图。
　　江流石不转,遗恨失吞吴。

　　　　　　　　　　　　　　(杜甫《八阵图》)

有的绝句首联不对仗,第二联对仗:

　　终南阴岭秀,积雪浮云端。
　　林表明霁色,城中增暮寒。

　　　　　　　　　　　　　(祖咏《终南望余雪》)

有的绝句两联都对仗:

白日依山尽，黄河入海流。
欲穷千里目，更上一层楼。

（王之涣《登鹳雀楼》）

（二）律诗

律诗的基本要求是中间两联要对仗，但首尾两联不必对仗。这种形式在近体诗中最为常见。

渡远荆门外，来从楚国游。
山随平野尽，江入大荒流。
月下飞天镜，云生结海楼。
仍怜故乡水，万里送行舟。

（李白《渡荆门送别》）

虽然首联、尾联不要求对仗，但诗人们有时会额外运用一组，或者在首联，或者在尾联。其中，首、颔、颈三联对仗的形式较为常见。颔、颈、尾三联对仗的形式极为少见。

细草微风岸，危樯独夜舟。
星垂平野阔，月涌大江流。
名岂文章著，官应老病休。
飘飘何所似，天地一沙鸥。

（杜甫《旅夜书怀》）

凉风动万里，群盗尚纵横。
家远传书日，秋来为客情。
愁窥高鸟过，老逐众人行。

始欲投三峡，何由见两京。

（杜甫《悲秋》）

　　有的时候，作者在首联使用对仗，而颔联不使用它，全诗仍然有两联对仗，这叫作"偷春格"，这种格式就像冬天的梅花，把春色偷来率先开放。

　　城阙辅三秦，风烟望五津。
　　与君离别意，同是宦游人。
　　海内存知己，天涯若比邻。
　　无为在歧路，儿女共沾巾。

（王勃《杜少府之任蜀州》）

　　还有的时候，作者兴之所至，甚至四联皆对，形成特别整饬的诗篇。比如杜甫的《登高》，被后人称为古今七律第一。注意，首句入韵就形成平仄不完全对应的特殊对仗，仅限这一特定场合使用。

　　风急天高猿啸哀，渚清沙白鸟飞回。
　　无边落木萧萧下，不尽长江滚滚来。
　　万里悲秋常作客，百年多病独登台。
　　艰难苦恨繁霜鬓，潦倒新停浊酒杯。

（杜甫《登高》）

（三）排律

　　排律就是律诗的延长，无论多少句，中间的联句都应该对仗。

凤历轩辕纪，龙飞四十春。
八荒开寿域，一气转洪钧。
霖雨思贤佐，丹青忆老臣。
应图求骏马，惊代得麒麟。
沙汰江河浊，调和鼎鼐新。
韦贤初相汉，范叔已归秦。
盛业今如此，传经固绝伦。
豫樟深出地，沧海阔无津。
北斗司喉舌，东方领搢绅。
持衡留藻鉴，听履上星辰。
独步才超古，余波德照邻。
聪明过管辂，尺牍倒陈遵。
岂是池中物？由来席上珍。
庙堂知至理，风俗尽还淳。
才杰俱登用，愚蒙但隐沦。
长卿多病久，子夏索居频。
回首驱流俗，生涯似众人。
巫咸不可问，邹鲁莫容身。
感激时将晚，苍茫兴有神。
为公歌此曲，涕泪在衣巾。

（杜甫《上韦左相二十韵》）

第二节　对仗四要素

用现代汉语知识分析，合格的对仗，有五个基本要求，分别是：字数相等、平仄相对、词性相类、词义相称、结构相仿。其中，"字数相等"可望文知义，其余四个要求在本节中会逐一详细拆讲。

一、平仄相对

唐以前的很多诗赋只是形似对仗，而不是真正的对仗，有三点原因。

首先，有领字的干扰。比如"且夫天地为炉兮，造化为工"，"且夫"就是领字，需要排除，否则字数就不相等了。其次，有重字，比如"翩若惊鸿，婉若游龙"，都有个"若"字，这在对仗中一般是不允许的。再次，平仄往往不对。

实际上，平仄相对是对仗的基本要求和明显标志。例如：

　　日月东西见，湖山表里开。

（朱熹《登定王台》）

有的位置允许变通，就多了几分灵活性。比如下例中，"却"该平而仄，"漫"该仄而平。

　　却看妻子愁何在，漫卷诗书喜欲狂。

（杜甫《闻官军收河南河北》）

二、词性相类

古人没有系统的语法知识，在属对时，只是含混地划分为实词和虚词，前者有实际意义，后者则没有实际意义。在实词中，他们认为有动词和静词之分，前者就是现在的动词，后者主要指名词。

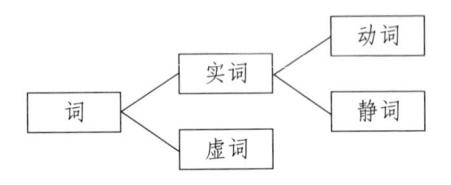

```
词 ─┬─ 实词 ─┬─ 动词
    │        └─ 静词
    └─ 虚词
```

在现代汉语语法中，词的划分就十分准确明晰了。实词包括名词、动词、形容词、数词、量词、代词、叹词、拟声词八类；虚词包括副词、介词、连词、助词、语气词五类。

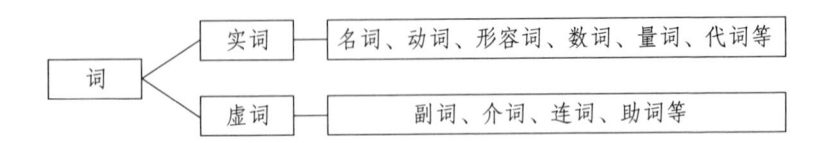

```
词 ─┬─ 实词 ── 名词、动词、形容词、数词、量词、代词等
    └─ 虚词 ── 副词、介词、连词、助词等
```

诗词创作中，一般来讲，应该同类相对，比如名词对名词、动词对动词、形容词对形容词、副词对副词等。

为什么说词性相类而不是相同呢？有的名词可对代词，比如"父"和"他"，属于人伦门与代名对可互对；"高"与"去"，属于形容词对不及物动词；另外副词、介词、连词也能互相形成对仗。

三、词义相称

根据王力的总结，古人将对仗划分为二十大类二十八门，常见的有天文门、时令门、地理门、动物门、植物门等。一般来说，同门类相对，邻门类相对，都可视作工对。比如"云"对

"雨"，"天"对"地"。

不过，此说并没有明文规定，只是在科举时代某些韵书里附载着若干门类，并且不存在强制性。如果你的对句被约定俗成看作可以般配的事物，哪怕不是同一门类，都能对得上，而且算作工对。比如"诗"对"酒"、"金"对"玉"，就可以算作对仗。

词义相称还包括一层含义，就是词所表达的含义应该"分量相当"，比如"君"对"臣"，"龙"对"凤"。如果两个词"分量"不太相当，或者把两个词并列相提就会产生影射、暗讽的歧义，就不是好的对子，比如"明皇"与"走狗"。

四、结构相对

古代汉语中，大部分字能单独使用，一个字基本上就是一个词，而两个以上的字（词）组合在一起，就会形成词组。常见的词组有十四类，比如：

主谓词组：燕去、花开　　动宾词组：饮酒、听歌
偏正词组：古道、秋风　　并列词组：日月、星辰

词组能构成单句。单句的句式有很多种，有简单单句，也有复杂单句，如主谓谓语句、兼语句、连动句等。诗句是浓缩的艺术，有时候一句诗翻译过来，就形成复句，各个单句之间也有多种关系。具体在创作篇会讲解。

以上种种，一般都应该大略相称。

第三节　对仗的类别

了解了对仗的定义、标准,还需要认识对仗的类别,才能做到知其然知其所以然。

一、二十八门类

王力先生把对仗分为二十八门类,具体如下。

次序	门类名称
第一类	天文门、时令门
第二类	地理门、宫室门
第三类	器物门、衣饰门、饮食门
第四类	文具门、文学门
第五类	草木花果门、鸟兽虫鱼门
第六类	形体门、人事门
第七类	人伦门、代名对
第八类	方位对、数目对、颜色对、干支对
第九类	人名对、地名对
第十类	同义连用字、反义连用字、连绵字、重叠字
第十一类	副词、连介词、助词

注：以上分类并没有明显的界限和必然的依据；另外,次序是精心排列的,凡不同门而同类以及两门临近者,常被用于对仗。

以下举常用的五个门类,每个门类列出若干例字和例句,供读者朋友们参考。

(一) 天文门

例字：

天、空、日、月、风、雨、霜、雪、霰、雷、电、霓、虹、霄、云、霞、雹、烟、气、星、斗、岚、阳、照、晖、露、曛、雾、烽、火、阴、飙

例句：

海**云**迷驿道，江**月**隐乡楼。

（李白《寄淮南友人》）

北**风**随爽**气**，南**斗**避文**星**。

（杜甫《衡州送李大夫七丈勉赴广州》）

(二) 时令门

例字：

年、岁、日、月、时、刻、世、节、春、夏、秋、冬、晨、夕、朝、晚、午、宵、昼、夜、伏、腊、寒、暑、晴、晦、昏、晓、闰

例句：

酒醒**秋**簟冷，风急**夏**衣轻。

（元稹《晚秋》）

万木迎**秋**序，千峰驻**晚**晖。

（李嘉祐《至七里滩作》）

（三）地理门

例字：

土、地、山、水、江、河、川、湖、海、波、浪、涛、潮、冰、池、洲、渚、林、京、国、郊、潭、泽、渠、桥、乡、村、关、塞、戍、城、市、道、路、径、衢、峰、园、苑、圃、墓、坟、岩、崖、石、磴、堤、陇、禁、掖、郭、郊、州、县、郡、镇、墟、壤、泥、畦、岸、峡、谷、田、地、岛、屿、浦、溪、境、家、岭、原、涧、渡、驿、塘、沙、尘、泉、冈、矶。

例句：

红颜悲旧**国**，青岁歇芳**洲**。

（李白《寄淮南友人》）

野凉侵闭户，**江**满带维舟。

（杜甫《夜雨》）

（四）人伦门

例字：

兄、弟、父、母、君、臣、夫、妻、朋、友、翁、姑、子、妇、儿、女、婿、叔、伯、伴、侣、圣、贤、仙、佛、鬼、神、将、相、士、农、工、商、公、侯、伯、男、军、

兵、渔、樵、僧、尼

例句：

道光先|帝|业，义激旧|君|恩。

（高适《魏郑公》）

锦帐郎|官|醉，罗衣舞|女|娇。

（李白《寄王汉阳》）

（五）代名对

例字：

吾、我、余、予、汝、尔、君、子、他、谁、何、孰、或、自、己、相、者、人

例句：

老去争由|我|，愁来欲泥|谁|。

（白居易《新秋》）

别馆|君|孤枕，空庭|我|闭关。

（李商隐《戏赠张书记》）

以上只举了五个门类，其他门类依次根据常识判断即可。

二、工对、临对与宽对

如何评判一组对仗是优是劣？可分为三类：工对、临对、宽对。

（一）工对

1. 同一门类的词汇

凡如此，比如天文对天文、地理对地理，就是工对。以下联句几乎字字工整：

向月穿针易，临风整线难。

（祖咏《七夕》）

向、临，介词；月、风，名词，天文门；穿、整，动词；针、线，名词，器物门；易、难，形容词。

东风千岭树，西日一洲蘋。

（于武陵《南游有感》）

东、西，方位对；风、日，天文门；千、一，数目对；岭、洲，地理门；树、蘋，植物门。

2. 常被对称提出的同门类的词

在文章里常常被对称着提出，比如"诗、酒""声、色""心、迹"等，如果用为对仗，就被认为最工。

云带歌声飏，风飘舞袖翻。

（张谓《早春陪崔中丞同泛浣花溪宴》）

老添新甲子，病减旧容辉。

（白居易《除夜》）

3. 虽不同门、不同类，但常常并列提起的词

比如"金、石""人、物"，或归属于同一概念范畴，比如三才、五行、八卦，如果用成对仗，也被认为最工。

敏捷|诗|千首，飘零|酒|一杯。

（杜甫《不见》）

情知点污投泥|玉|，犹自经营买笑|金|。

（刘禹锡《怀妓》）

4. 特殊对仗

凡是句中涉及颜色对、方位对、数目对，或使用了借音对、借义对，都被认为是工对。其他字即便差些，整组联句也会显得很工整。具体见后文。

（二）临对

凡是使用上表中同一类但不是同一门的，以及虽然不同类但所属门相邻的，就属于临对。比如"天文"可以对"时令""地理"，"植物"可以对"动物"，等等。举例如下：

1. 植物与动物

|鹊|辞穿线月，|花|入曝衣楼。

（李贺《七夕》）

2. 文具与文学

满|纸|传相忆，裁|诗|怨索居。

（刘禹锡《令狐楚》）

3. 人伦与代名

才士得|神秀|，书斋闻|尔|为。

（杜甫《和江陵宋大少府暮春雨后同诸公及舍弟宴书斋》）

（三）宽对

1. 词性相同即可接受

诗人并不是处处用工对，有时词性相同即可，比如名词对名词、形容词对形容词。另外，求工太过，就容易弄到同义相对，造成合掌（合掌在后文详细解释）的诗病。

津|人|空守|缆|，村|馆|复临|川|。

（王昌龄《沙苑南渡头》）

下|药|远求新熟|酒|，看|山|多上最高|楼|。

（张籍《书怀寄王秘书》）

2. 既自对又相对，虽宽而工

|草木|岂能酬雨露，|荣枯|安敢问|乾坤|？

（王维《重酬苑郎中》）

|江山|遥去国，|妻子|独还家。

（高适《送张瑶贬五溪尉》）

三、跨类对仗

词性相类并不等于词性相同，一般允许跨词性对仗。

（一）虚词对仗

古人对实词，尤其是名词，讲究特别多，但是对虚词就"爱谁谁"，这并非"后娘偏心"，而是能力有限，不能更细地区分虚词。因此，遇到虚词，如果在句式或含义上觉得过得去，就拿去作对仗。

1. 副词、连词、介词

来往[皆]茅屋，淹留[为]稻畦。
（杜甫《自瀼西荆扉且移居东屯茅屋四首》其二）
闻报故人[当]邂逅，便临近馆[为]迟留。
（沈遘《过冀州闻介甫送房使当相遇继得移文以故事请避诸路又以诗见寄次韵和答》）

2. 连词、介词、助词

畅[以]沙际鹤，兼[之]云外山。

（王维《泛前陂》）

（二）形容词与不及物动词

动词分为两种，一种的后面可以跟个名词，比如"打球""唱歌""吃饭"，这是及物动词；另一种后边不可以跟其他成分，比如"飞""来""哭"等，这是不及物动词。

一般来讲，形容词要对形容词，动词则对动词。但形容词和不及物动词都能表示主体的一种状态，在现代汉语中叫作"作谓语"，并且后边都不能跟其他有实际意义的词语了。由于二者很相似，所以古人认为可以用作对仗。

潮平两岸[阔]，风正一帆[悬]。

（王湾《次北固山下》）

独立三边[静]，轻生一剑[知]。

（刘长卿《送李中丞归汉阳别业》）

（三）兼类与活用

很多词只有一个属性，要么是名词，要么是动词，或者形容词，等等。但有些词具有两种或两种以上词性。

在古代汉语中，有的是临时被用作其他词性，比如"人立而啼"，"人"本来是名词，这里意思是像人一样，用作了副词；再比如"洞庭波兮木叶下"，"波"本来是名词，这里意思是"泛起波浪"，用成了动词。

临时的活用，如果用得久了，就会演变成"兼类"，古代汉语大部分平仄两读的字词都可以兼类。比如中、重、从、供、吹、骑、为、思、分、观、教、扇、传、调、兴、相、强等。

笔落[惊]风雨，诗成[泣]鬼神。

（杜甫《寄李十二白二十韵》）

"惊""泣"都由不及物动词活用作及物动词，表示"使某做出某动作"。

青山[横]北郭，白水绕东城。

（李白《送友人》）

"横"可以做名词、形容词和动词，这里用作动词，意思是"横亘"。

山光[悦]鸟性，潭影[空]人心。

（常建《题破山寺后禅院》）

"悦"本是不及物动词，用作及物动词，意思是"使鸟类变得更可悦"；"空"本来是形容词，用作动词，意思是"使人心情变得空灵无挂碍"。

沉舟侧畔千帆[过]，病树前头万木[春]。

（刘禹锡《酬乐天扬州初逢席上见赠》）

"春"本来是名词，时令门。这里用作动词，意思是"逢春而茂盛"。

第四节　对仗的高级形式

生活中有个"二八原则"，大概意思是，20%的关键目标决定了80%的结果。在诗句的对仗上，这20%的关键目标就是三大类高级形式。包括三种必须工对的情况：方位对、数目对、颜色对；两种巧妙的对仗：借音对、借义对；三种特殊对仗：流水

第二部分　格律篇 | 113

对、错综对、扇面对。如果这三大类对仗用得好,整个联句就会十分提气;反之,就是较大的瑕疵,容易被方家指摘。

一、三种工对

以下三种情况,必须工对。

(一)方位对

看地图有个口诀:"上北,下南,左西,右东。"这些都是方位词,也就是能指代事物方向或位置的词汇。

例字:

东、南、西、北、中、外、里、边、前、后、左、右、上、下、旁、侧、内、底、缘、界

例句:

青山横北郭,白水绕东城。

(李白《送友人》)

绿树村边合,青山郭外斜。

(孟浩然《过故人庄》)

川合东西瞻使节,地分南北任流萍。

(杜甫《严中丞枉驾见过》)

街西借宅多临水,马上逢人亦说山。

(张籍《酬秘书王丞见寄》)

小书楼下千竿竹,深火炉前一盏灯。

(白居易《竹楼宿》)

（二）数目对

数目词就是表示事物的多少，有时候也暗含次序的词汇。

例字：

零、一、二、三、四、五、六、七、八、九、十、百、千、万、亿、两、双、单、孤、独、数、几、个、半、再、群、诸、众、寡

例句：

1. 最常见的是数字对数字：

楚塞<u>三</u>湘接，荆门<u>九</u>派通。

（王维《汉江临眺》）

城阙辅<u>三</u>秦，风烟望<u>五</u>津。

（王勃《杜少府之任蜀州》）

<u>万</u>卷图书<u>千</u>户贵，<u>十</u>洲烟景<u>四</u>时和。

（殷文圭《题吴中陆龟蒙山斋》）

2. 凡是跟数量有关的词汇，都有可能用到诗句中形成数目对：

不惜<u>孤</u>舟去，其如<u>两</u>地春。

（储光羲《洛阳东门送别》）

舞爱<u>双</u>飞蝶，歌闻<u>数</u>里莺。

（张籍《寒食书事二首》其一）

穷泉[百]死别,绝域[再]生归。

(吕温《蕃中拘留岁余回至陇石先寄城中亲故》)

(三)颜色对

顾名思义,凡使用描写颜色的词汇去属对就是颜色对。

例字:

赤、橙、黄、绿、青、蓝、紫、红、白、黑、翡、翠、苍、幽、蓝、碧、朱、丹、绯、赭、金、玉、银、粉、彩、素、玄、黔、皓、明、缁、阴、灰、绛、靛、殷、艳、褐

例句:

[红]颜弃轩冕,[白]首卧松云。

(李白《赠孟浩然》)

寒潭映[白]月,秋雨上[青]苔。

(刘长卿《游休禅师双峰寺》)

客路[青]山外,行舟[绿]水前。

(王湾《次北固山下》)

映阶[碧]草自春色,隔叶[黄]鹂空好音。

(杜甫《蜀相》)

风含[翠]筱娟娟净,雨裛[红]蕖冉冉香。

(杜甫《狂夫》)

(四)变通方法

注意,诗人有时候也会退而求其次,在颜色、数目、方位三

类之间寻求对仗。

例句：

1. 方位对数目

巫峡[中]心郡，巴城[四]面春。

（白居易《感春》）

含星动[双]阙，伴月照[边]城。

（杜甫《天河》）

2. 数目对颜色

相随[万]里日，总作[白]头翁。

（杜甫《寄贺兰铦》）

二、两种借对

什么是借？就是本来自己没有，临时借来用，用完还得还回去。在诗词格律中，或者借声音，或者借词义，均别出心裁。

（一）借音对

借音对主要应用在颜色对中。如果出句有颜色，属对时不好处理，可使用某个颜色词汇的同音字，而且会被看作工对。

例句：

事直<u>皇</u>天在，归迟<u>白</u>发生。

（刘长卿《新安奉送穆谕德归朝赋得行字》）

野鹤<u>清</u>晨出，山精<u>白</u>日藏。

（杜甫《陪郑广文游何将军山林十首》其七）

<u>沧</u>溟恨衰谢，<u>朱</u>绂负平生。

（杜甫《独坐》）

马骄<u>珠</u>汗落，胡舞<u>白</u>蹄斜。

（杜甫《秦州杂诗》）

寄身且喜<u>沧</u>洲近，顾影无如<u>白</u>发何。

（刘长卿《江州重别薛六柳八二员外》）

（二）借义对

一字多义时，如果文中之义并不能形成对仗，但该字的其他含义可与对句形成对仗，那么也可属对，这叫"借义对"。

例句：

苜蓿随<u>天</u>马，葡萄逐<u>汉</u>臣。

（王维《送刘司直赴安西》）

"汉"在本句中是"汉朝"的意思，借用了"星汉"的含义与"天"相对，都是天文门。

少<u>年</u>曾任侠，晚<u>节</u>更为儒。

（王维《崔录事》）

"节"在本句中是"节操"的意思，借用了"节气"的含义与

"年"相对，都是时令门。

> 行 李 淹吾舅，诛 茅 问老翁。
>
> （杜甫《巫峡敝庐奉赠侍御四舅别之沣朗》）

"李"在本句中是"行囊"的意思，借用了"李树"的含义与"茅"相对，它们都是植物门。

> 酒债 寻常 行处有，人生 七十 古来稀。
>
> （杜甫《曲江》）

"寻常"在本句中是"常见"的意思，这两个字另外还是度量单位。八尺是一寻，两寻是一常，正好可以与"七十"相对，属于数目对。由于两个词组均本句自对，又对句相对，因此这是极工的对仗。

> 回日楼台非 甲 帐，去时冠剑是 丁 年。
>
> （温庭筠《苏武庙》）

"甲"在诗句中是"甲胄"的意思，借用了天干地支中的"甲"的含义去与"丁"相对，属于干支对。

三、三种特殊对仗

古人还"发明"了三种特殊对仗，都被认为很好。有的貌似不对，实际上没问题。

（一）流水对

普通的对仗，都是并行的两件事物，没有先后顺序，假如互换位置，并不影响语义。但有一种对仗，下句跟着上句，不能颠倒，这就是流水对。在实际创作中，流水对可以调整诗歌节奏，因而经常被诗人们运用。例如：

山中一夜雨，树杪百重泉。

（王维《送梓州李使君》）

一从归白社，不复到青门。

（王维《辋川闲居》）

承恩不在貌，教妾若为容。

（杜荀鹤《春宫怨》）

（二）扇面对

以上所说的对仗，都是出句和对句相对的。如果上一联的两句诗，与下一联的两句诗对仗，就称为扇面对。这种对仗十分罕见，但并不是没有。例如：

缥缈巫山女，归来七八年。
殷勤湘水曲，留在十三弦。

（白居易《夜闻筝中弹潇湘送神曲感旧》）

（三）错综对

诗人偶然会用一种错综对，亦即不拘位置，颠倒错综，形成对仗。下述二例，如果把意义对仗的字词调换过来，非但相互平仄不对，而且整个律句也会出律，所以迁就平仄而颠倒了过去。说实话，这是一种凑合，没办法的办法。一般不建议采用。

裙拖六幅湘江水，鬓耸巫山一段云。

（李群玉《同郑相并歌姬小饮戏赠》）

第五节　常见问题

以下三种情况，属于诗病，应该避免。

一、重字

（一）古风和诗不避重字

在古体诗和词中，不避讳同字相对，尤其在辞赋中十分常见。比如，兮、之、乎、者、也等虚词常常出现在上下句的相同位置，同时也不避讳实词反复出现，比如"春草""春水""秋露""秋月"。

下有芍药之诗，佳人之歌，桑中卫女，上宫陈娥。春草碧色，春水渌波，送君南浦，伤如之何！至乃秋露如珠，秋月如珪，明月白露，光阴往来，与子之别，思心徘徊。

（江淹《别赋》）

但在近体诗中，通常要设法避免重字，这也是诗词格律所说的"对仗"与现代汉语所说的"对偶"的重要区别。

（二）三种允许重字的情况

1. 一句诗有叠字

叠字，是近体诗对仗的一种特殊例子，与它相近的还有双声或叠韵的联绵词，都能正常使用。

风含翠筱娟娟净，雨裛红蕖冉冉香。

（杜甫《狂夫》）

漠漠水田飞白鹭，阴阴夏木啭黄鹂。

（王维《积雨辋川庄作》）

2. 一句中有其他重字

有时，诗人刻意在一句诗中使用重字形成回环的节奏。

四面荷花三面柳，一城山色半城湖。

（刘凤诰·济南大明湖联）

3. 上下联的不同位置有重字

梅须逊雪三分白，雪却输梅一段香。

（卢钺《雪梅》）

二、合掌

这是常见的诗词术语，顾名思义，把左右两个手掌合在一起，左右相似。如果诗词的上下联所表达的内容雷同，就属于合掌。甚至，相对的字也尽量不要用同义词。

（一）魏晋南北朝多见合掌

合掌现象在魏晋南北朝时期十分常见，那时人们还不精通格律，既追求诗歌的典雅整饬，又存在诸多毛病。

孤鸿号外野，翔鸟鸣北林。

（阮籍《咏怀》）

……羁鸟恋旧林，池鱼思故渊。开荒南野际，守拙归园田。方宅十余亩，草屋八九间。榆柳荫后檐，桃李罗堂前。暧暧远人村，依依墟里烟。……

（陶渊明《归园田居》）

停骖我怅望，辍棹子夷犹。

（谢朓《新亭渚别范零陵云》）

（二）唐宋以降较为少见

到了唐朝及以后，就很少有合掌的诗病了。以下是寥寥数例：

马上逢寒食，途中属暮春。

（宋之问《途中寒食题黄梅临江驿寄崔融》）

"马上"和"途中"都是在"旅途中"，"寒食"就在"暮春"。

远芳侵古道，晴翠接荒城。

（白居易《赋得古原草送别》）

"远芳""晴翠"都是指草;"侵""接"都是形容野草茂盛,与目标交接在一起;"古道""荒城"都是荒寂之地。

三、句式雷同

律诗的中间两联,一般不要采取雷同的句式,否则读起来会明显感到节奏平板单一,不太协调。

(一)两联四句语法结构基本一致

这种情况是诗人所极力避免的,比如:

> 寒日生戈剑,阴云拂旆旌。
> 饥乌啼旧垒,疲马恋空城。
>
> (沈佺期《被试出塞》节选)

四句诗全是"主谓宾"结构,全是"二——一——二"节奏,如果上联的"戈剑""旆旌"不是并列词组,而是偏正词组,那这首诗便是本句雷同加对句雷同再加两联雷同,就"十分完美"地犯了句式雷同的毛病。

(二)诗句的一部分语法结构雷同

这也是不恰当的。比如:

> 朝登剑阁云随马,夜渡巴江雨洗兵。
> 山花万朵迎征盖,川柳千条拂去旌。
>
> (岑参《奉和杜相公发益州》节选)

这首诗,"云随马""雨洗兵""花……迎……盖""柳……拂……旌"四句话都是"主谓宾"结构,明显雷同。

(三)同类意象堆积

在选择意象时,要尽可能避免把同类意象堆积到四句诗中。

> 空闻虎旅传宵柝,无复鸡人报晓筹。
> 此日六军同驻马,当时七夕笑牵牛。
>
> (李商隐《马嵬》节选)

这首诗两联中连用虎、鸡、马、牛四个动物门的词汇,几乎要成"动物园"了,显得门类重复,诗意贫乏。同样的例子还有王维的《和贾至舍人早期大明宫之作》,诗中有六个词汇写衣服,变成"服装节"就不妙了。

第四章　词的格律

本章就词的平仄、对仗、用韵做了讲解，精选若干词牌列出词谱，目的是使读者对词有概貌式的了解，有能力的还可初步涉猎词的创作。

第一节　词的平仄

近体诗的每句话只有五言、七言两类，词却不同，从一个字到十一个字，句式变化多样。不过，万变不离其宗。不同字数的各种平仄格式，都基于诗歌的共有规律。比如：平仄交替使用；每两三个字变换平仄；在一组音节中，一、三、五字较灵活，二、四、六字较严格。这一节，就从一个字到十一个字，具体分析词的平仄。

一、一到四个字

五个字之前，都相当于截取了律句一部分，具体分析如下。

（一）一个字

只有一个字的话，或平或仄。如果独立成句，必定押韵。但词中，真正的一字句很少，只有《十六字令》《一七令》《钗头凤》《哨遍》等少数词牌才有。

> 天。休使圆蟾照客眠。
>
> （蔡伸《十六字令》）
>
> 诗。绮美，瑰奇。
>
> （白居易《一七令》）
>
> 噫！子固非鱼，鱼之为计子焉知。
>
> （辛弃疾《哨遍》）
>
> 东风恶，欢情薄，一怀愁绪，几年离索。错！错！错！
>
> （陆游《钗头凤》）

虽然一字句很少见，但"一字逗（豆）"很常见。这里的"逗"，是"句读"的意思，又写作"豆"。一句话还没说完，略作停顿时，就要用"一字逗"。此处指词句中的领字。"一字逗"全都是仄声，这是定格。

> 对－潇潇暮雨洒江天。
>
> （柳永《八声甘州》）
>
> 但－荒烟衰草，乱鸦斜日。
>
> （萨都剌《满江红》）
>
> 过－沙溪急，霜溪冷，月溪明。
>
> （苏轼《行香子》）

（二）两个字

两字句不常见，多用"平仄"格式，偶见"平平""仄仄"。它有个特点，不用则已，用则入韵。

第二部分　格律篇 | 127

"平仄"格式：

> 明月，明月，照得离人愁绝。
>
> （冯延巳《三台令》）
>
> 知否，知否，应是绿肥红瘦。
>
> （李清照《如梦令》）
>
> 竹杖芒鞋轻胜马，谁怕？一蓑烟雨任平生。
>
> （苏轼《定风波》）

"平平"格式：

> 千古兴亡多少事？悠悠……天下英雄谁敌手？曹刘。
>
> （辛弃疾《南乡子·登京口北固亭有怀》）
>
> 琅然，清圆。谁弹？响空山。
>
> （苏轼《醉翁操》）

（三）三个字

可以把三个字的词句理解为从律句中截取了最后三个字。律句的种种变化，除了"平平平"在近体诗、词中均不被允许以外，其他均可用在词中，共计七种：平平仄、平仄仄、仄仄仄、仄平平、仄仄平、仄平仄、平仄平。其中，"平平仄""仄平平"较为常见。

这些三字句既可以单独使用，又可以两两成对，还可以与四字句、五字句、六字句组合在一起使用。

> 惊塞雁，起城乌。
>
> （温庭筠《更漏子》）

碧云天，黄叶地。

（范仲淹《苏幕遮》）

凭栏处，潇潇雨歇。

（岳飞《满江红》）

千嶂里，长烟落日孤城闭。

（范仲淹《渔家傲》）

（四）四字句

词的四字句是从律句中变化来的，可以认为是"平平仄仄""仄仄平平"这两种基本格式的延伸。

1. 基本格式一

正例：平平仄仄

变格：仄平平仄、仄平仄仄、平平平仄

凭高眺远，见长空万里，云无留迹。

（苏轼《念奴娇》）

夜雪初积。翠尊易泣。红萼无言耿相忆。

（姜夔《暗香》）

但有的时候，在词谱中，把变格作为固定格式，并且不允许变通。

2. 基本格式二

正例：仄仄平平

变格：平仄平平、平仄仄平、仄仄仄平

帘外雨潺潺，春意阑珊，罗衾不耐五更寒。

（李煜《浪淘沙令》）

上例第二句，首字可平可仄。

非惟我老，更有人贫。

（陆游《沁园春》）

这"平平仄仄"与"仄仄平平"是经典的组合，往往形成对句。

3. 其他格式

特例：中中中中、中中中平、中中中仄

孤馆灯青，野店鸡号，旅枕梦残。

（苏轼《沁园春》）

注：在一些词谱中，会使用"中"字表示该位置可平可仄。

在上例中，第二句和第三句都是特殊格式，可能形成"平仄平仄""仄平仄平"等句子。

二、五到七个字

（一）五字句

五字句基本上可以看作从五言近体诗演化来的。有律句和拗句两种。

近体诗的五言律句格式,都能套用在五字句上。需要注意的是,在词句中,创作者不能随心所欲地拗救,只能跟着词谱走。

1. 常见律句

　　⊘仄平平仄
　　⊕平⊘仄平（前后联动变化）
　　⊕平平仄仄
　　⊘仄仄平平

例句：

　　绿水人家绕……墙里佳人笑。
　　　　　　　　　　　　　　　（苏轼《蝶恋花》）
　　水是眼波横，山是眉峰聚……才始送春归，又送君归去。
　　　　　　　　　　　　　　　（王观《卜算子》）
　　玉阶空伫立。
　　　　　　　　　　　　　　　（李白《菩萨蛮》）
　　有人楼上愁……长亭连短亭。
　　　　　　　　　　　　　　　（李白《菩萨蛮》）
　　故人相望处……但愁斜照敛。
　　　　　　　　　　　　　　　（周邦彦《齐天乐》）

2. 特殊拗句

　　⊘仄仄平仄
　　明月几时有……起舞弄清影。
　　　　　　　　　　　　　　　（苏轼《水调歌头》）

第二部分　格律篇　｜　131

3."一加四"结构

有些一字逗领句的也会凑成五个字,把它看作"一加四"结构就行。

有－黄鹂千百……了－不知南北。

（秦观《好事近》）

仄－平平平仄……仄－仄平平仄

自－清凉无汗。

（苏轼《洞仙歌》）

仄－平平平仄

（二）六字句

1.基本格式

根据音尺的概念,六字句共有两种基本格式：

平平仄仄平平
仄仄平平仄仄

一般情况下,在词句中遇到六字句,就是从上面两种基本格式变化来的;一般是一、三、五字可以酌情调整平仄。

梦后楼台高锁,酒醒帘幕低垂。

（晏几道《临江仙》）

仄仄平平仄仄,平平仄仄平平

这首《临江仙》有多种格式,它包括了两句典型六字句格式,并且可以灵活变通。

行乐直须年少，尊前看取衰翁。

（欧阳修《朝中措》）

⊘仄⊕平⊘仄，⊕平⊘仄平平

在实际词谱中，"平平仄仄平平"的第五个字往往不能改动。这是因为，古人把平声字改仄声字时比较谨慎；另一方面，越靠近末尾的字，格律越严格。

2. 特殊拗句

此外，词句又有自己的独特之处，形成特殊拗句，常见的有：

⊕平仄平平仄
⊘平仄平仄仄
平平⊕平仄仄
平平⊘仄平仄

例句：

如今有谁堪摘。

（李清照《声声慢》）

⊕平仄平平仄

应时已鞭黛土。

（高观国《东风第一枝》）

⊘平仄平平仄

（三）七字句

七字句与五字句类似，都直接来源于律句，直接拿近体诗的格律去套，然后注意个别字的位置即可。

1. 规范律句

㊣平㊣仄平平仄
㊣仄平平㊣仄平
㊣仄㊣平平仄仄
㊣平㊣仄仄平平

例句：

平林漠漠烟如织。

（李白《菩萨蛮》）

似此区区长鲜欢。

（苏轼《沁园春》）

满院落花春寂寂。

（韦庄《谒金门》）

萋萋芳草忆王孙。

（李重元《忆王孙》）

2. 特殊拗句

㊣仄平平仄平仄

例句：

江月娟娟上高柳。

（毛滂《感皇恩》）

3. 特殊结构

"三—四结构"相当于一个三字句加一个四字句。

例句：

　　背西风－酒旗斜矗。

（王安石《桂枝香》）

三、八到十一个字

八个字及以上，都可以理解为较短句式的组合，有的句子干脆就可以看成由几句话组成的。

（一）八个字

八个字的句式，常见的有三种组合方式：

1. 上三下五

　　更那堪－冷落清秋节。

（柳永《雨霖铃》）

2. 上四下四

　　定知我今－无魂可销。

（史达祖《换巢鸾凤》）

3. 上一下七

　　奈－玉壶难叩鸳鸯语。

（贺铸《七娘子》）

4. 上二下六

应是－良辰好景虚设。

（柳永《雨霖铃》）

（二）九个字

九字句的构成共有四种：

1. 上三下六

浪淘尽－千古风流人物。

（苏轼《念奴娇》）

2. 上四下五

泪珠都作－秋宵枕前雨。

（周邦彦《解蹀躞》）

3. 上五下四

见长空万里－云无留迹。

（苏轼《念奴娇》）

4. 上六下三

故国不堪回首－月明中。

（李煜《虞美人》）

（三）十字句

十字句比较少见，只有两种。

1. 上三下七

见说道－天涯芳草无归路。

（辛弃疾《摸鱼儿》）

2. 上七下三

风里落花谁是主－思悠悠。

（李璟《摊破浣溪沙》）

实际上，以上两例都可以被认为是两句话，而不是十字句。

（四）十一字句

这是词中最长的句式，只有《水调歌头》中出现过一例。

1. 有时按"上六下五"断句

何人为写悲壮－吹角古城楼。

（张孝祥《水调歌头》）

2. 有时按"上四下七"断句

去年明月－依旧还照我登楼。

（张孝祥《水调歌头》）

第二节　词的特征

近体诗的格律是"一法通，万法通"。词律就不这样，而是"各有一套"，需要学习专门的词谱。

一、词的声韵

（一）词韵更宽

诗歌创作必须有韵律，这必须落实在韵脚上。前文学过，创作近体诗可遵守《平水韵》，词却放宽了，一般可遵守《词林正韵》。

清朝词学专家戈载汇编整理了《词林正韵》，把通押的邻韵合并在一起，全书分十九个韵部。比如，《平水韵》里的平声"一东""二冬"、上声"一董""二肿"、去声"一送""二宋"全被合并在一起，作为第一部。

现代人写词，也可以不拘泥古音，而使用普通话读音，那么可以依照《中华通韵》。

（二）词律更严

与诗相比，词更加机械，在声律方面更加刻板，有一说一、有二说二。

1.一般，在近体诗中的"小拗不救"，在词中也可以灵活处理。

平平仄仄→中平中仄
平平仄仄平→平平中仄平
平平仄仄平平仄→中平平仄平平仄

2. 近体诗中"大拗必救"的情况，在词中不允许。

平平平仄仄→平平仄平仄（X）

这个句式在近体诗中随时可以变化为"平平仄平仄"；但在词谱中，要么是"中平平仄仄"，要么是"平平仄平仄"，同样的还有：

仄仄平平仄→仄仄仄平仄（X）
仄仄平平仄→仄仄平仄仄（X）

再比如，"仄仄平平仄"，在近体诗中允许变化为"仄仄仄平仄"，甚至"仄仄平仄仄"，然后在下句去救；但在词谱中是不允许的，一般是"中仄平平仄"，有的时候规定为"中仄仄平仄"，但不允许改仄为平。

3. 有时，无论是正体还是拗体，都只能按着词谱操作。

平仄平平平平仄

（钦谱《贺新郎》上、下阕第四句）

在诗律中，第六个字应该是仄声，第一个字和第三个字可平可仄；但在钦谱《贺新郎》某式，第六个字必须是平声，第一个字和第三个字也不能调整平仄。这个词牌在《龙榆生词谱》（以下简称"龙谱"）中就更亲民一些，写作"中仄中平平中仄"，能够看出它是由"仄仄平平平仄仄"律句演化来的。

平仄平平仄平平

（钦谱《换巢鸾凤》下阕第八句）

在钦谱《换巢鸾凤》中，第六个字却规定为平声，第一个字、第三个字、第五个字均不可以更改，是一种特殊句式。

仄平平、中平平仄

（钦谱《摸鱼儿》上阕第一句）

这句可看作"三四"结构的组合，连在一起就是个拗句，只有第四个字可以调整平仄，其他都只能按谱填词。

（三）变体很多

人们最初是依照音乐填词的，在长期流传过程中，难免产生变化。所以，一个词牌有多种变体的情况很常见。

以《江城子》为例，"钦谱"共有五种变化，"龙谱"共有三种变化，字数也不尽相同。

十年生死两茫茫，不思量，自难忘。千里孤坟，无处话凄凉。纵使相逢应不识，尘满面，鬓如霜。　夜来幽梦忽还乡，小轩窗，正梳妆。相顾无言，惟有泪千行。料得年年肠断处，明月夜，短松冈。

（苏轼《江城子》）

中平中仄仄平平。仄平平，仄平平。中仄平平，中仄仄平平。中仄中平平仄仄。平仄仄，仄平平。

中平中仄仄平平。仄平平，仄平平。中仄平平，中仄仄平平。中仄中平平仄仄。平仄仄，仄平平。

《江城子》一般是单调。苏轼这首词流传很广，是双调，也就是分上下两阕。在词谱中，可以看到，有的字标注"中"，表示可平可仄；有的字下方加"△"，表示这是韵脚。

二、词的对仗

近体诗对对仗有明确的要求，一目了然。词则不同。它由不同长度的句子参差组合在一起，难以识别；另外，在对仗上要求也略宽松。具体包括六点。

（一）两句字数相等时可能对仗

只有前后两句话字数相等的时候，才有可能采用对仗的修辞手法。

例句：

《西江月》上、下阕的前两句：

点点楼头细雨，重重江外平湖。

（苏轼）

《南歌子》上、下阕的前两句：

散发披襟处，浮瓜沉李杯。

（辛弃疾）

《踏莎行》上、下阕的前两句：

细草愁烟，幽花怯露。

（晏殊）

（二）可对可不对

词的对仗不像律诗那样有硬性的规定。有些位置可以用对仗，也可以不用。

比如《浣溪沙》，韩偓在这首词中，上阕未用对仗，下阕用了对仗。当然，必须要用对仗的位置，在词谱中一般都有标注。

宿醉离愁慢髻鬟，六铢衣薄惹轻寒，慵红闷翠掩青鸾。
罗袜况兼金菡萏，雪肌仍是玉琅玕，骨香腰细更沈檀。

（韩偓《浣溪沙》）

（三）领字之后

一字逗领句时，后边所跟的字数相同，也可能对仗。
例如《满庭芳》下阕第四、五句：

且－莫思身外，长近尊前。

（周邦彦）

但－身为利锁，心被名牵。

（吴潜）

《齐天乐》上、下阕的第七、八句：

怪－瑶佩流空，玉筝调柱。

（王沂孙）

叹－轻负莺花，谩劳书剑。

（陆游）

（四）平仄

词的对仗不一定平仄相对。
《鹊桥仙》上、下阕前两句：

纤云弄巧，飞星传恨。

（秦观）

月波清霁，烟容明淡。

（欧阳修）

《青玉案》上、下阕的第四、五句：

月楼花院，绮窗朱户。

（贺铸）

兰灯初上，夜香初炷。

（史达祖）

（五）韵脚

有的时候甚至韵脚和韵脚相对。

《醉太平》上、下阕的前两句,第四个字都是韵脚:

态浓意远,眉颦笑浅。

（辛弃疾）

（六）重字

词的对仗也不避讳重字。

《一剪梅》上、下阕的末两句,不仅韵脚和韵脚相对,而且词人们喜用重字:

春到三分,秋到三分。

（张炎）

才下眉头,又上心头。

（李清照）

第四、五、六点更像是现代汉语中"对偶"的修辞手法,而不是严格意义上的对仗。

三、常用工具书

那填词到底以什么作为规范呢?有三种常见的词谱参考书和部分网络工具:

（一）《钦定词谱》

简称"钦谱",是清朝康熙年间官方编订的词谱。它的优点是收录较为全面,共收八百二十个词牌、两千三百零六个体式;每例选唐、宋、元词各一首,并且以创始人所写的词为正体。缺点是变体较多，使人无所适从。

（二）《唐宋词格律》

由清末著名学者龙榆生编写，人称"龙谱"，共收录一百多个词牌，比较简洁，也较灵活宽泛。这本书还说明了每个词牌的来历和演变情况，适宜表达什么情感，以及特定的句法和声调等。

（三）《诗词格律概要》

由声韵专家王力编写，是影响力十分大的诗词普及读物。其中，列举了十六个词牌的词谱。它的特点是，收录数量特别少，仅够认识和了解词律；但标注的方式最适宜初学者：每句话均尽可能使用规范的句式，然后把可以调整平仄的字用圆圈起来，初学者一看就能明白这句话的平仄是怎么演化来的。

（四）网络工具

有一些专门的诗词工具网站，比如"搜韵网""诗词吾爱网"等，可以在线查阅词谱、在线检验格律，也包括查诗韵、词韵等功能。在智能手机时代，随时随地能打开检索，十分方便。

第三节　词牌

怎样迅速记住若干词牌，并尝试创作呢？最简单的办法是，精选若干词牌，各自背诵一首例词，再对照词谱了解一下具体如何变通。

在所有词牌中，依据所押的韵脚的声调，可以把词牌分为三大类：平声韵、仄声韵和平仄换韵。

对于词谱的标识，有两种常见做法，一种是可平可仄的位置用"中"标识。如果用横线和竖线标识平仄，可平可仄处就用"+"标识。这种方式的缺点是不利于初学者还原格律，从根本上理解词谱。因而本节使用王力《诗词格律概要》的标识方式，先列出词谱基本格式，对于可以调整平仄的位置，用圆圈标识。

一、平声韵

（一）忆江南（27字）

《忆江南》又名《江南好》《望江南》《梦江南》等。中唐宰相李德裕在浙江当官时，为歌女谢秋娘写了一首《谢秋娘》，后改为《忆江南》。

这首词的五言、七言句子都来源于规范的律句，也允许所有"小拗"，很容易识记。中间的两句七言，一般用对仗。

范例：

> 江南好，风景旧曾谙。日出江花红胜火，春来江水绿如蓝。能不忆江南？
>
> （白居易）

格式：

> 平⌀仄，⌀仄仄平平。⌀仄⌀平平仄仄，⌀平⌀仄仄平平。⌀仄仄平平。

(二)渔歌子(27字)

《渔歌子》又叫《渔父》《渔父乐》《渔夫词》等,是唐朝诗人张志和首创。

这首词相当于七言绝句减一个字。此处的两个三字句一般用对仗。

范例:

　　西塞山前白鹭飞,桃花流水鳜鱼肥。青箬笠,绿蓑衣,斜风细雨不须归。

　　　　　　　　　　　　　　　　　　(张志和)

格式:

　　⊘仄平平⊘仄平,⊘平平仄⊘平平。平仄仄,仄平平,平平仄仄仄平平。

(三)长相思(36字)

《长相思》又名《双红豆》《吴山青》《忆多娇》等。调名来自南朝乐府诗"上言长相思,下言久离别"。

这首词最大的特点是,两阕开头两句为三字句,可以叠韵,甚至叠后两个字,比如"汴水流,泗水流"。

末句按平起平收五言律句处理,可拗救,不可犯孤平,也就是说,它有三种变化:"平平仄仄平""平平平仄平""仄平平仄平"。

范例:

　　汴水流,泗水流。流到瓜洲古渡头,吴山点点愁。　思悠悠,恨悠悠。恨到归时方始休,月明人倚楼。

（白居易）

格式:

⊗⊗平,⊗⊗平。⊗仄平平仄仄平,⊕平⊗仄平。
⊗⊗平,⊗⊗平。⊗仄平平仄仄平,⊕平⊗仄平。

（四）采桑子（44字）

《采桑子》又名《丑奴儿》《罗敷艳歌》《伴登临》等,是从唐代教坊曲《采桑》中截取出来形成的词牌,因为黄庭坚同词牌作品题目的影响,又作《丑奴儿》。

这个词牌最大的特点是在一组律句的中间镶入两个四字句,这两句允许叠韵乃至四字均重复,比如"南北东西"接"南北东西"。

范例:

恨君不似江楼月,南北东西。南北东西,只有相随无别离。　恨君却似江楼月,暂满还亏。暂满还亏,待得团圆是几时?

（吕本中）

格式:

⊕平⊗仄平平仄,⊗仄平平。⊗仄平平。⊗仄平平⊗仄平。　⊕平⊗仄平平仄,⊗仄平平。⊗仄平平。⊗仄平平⊠仄平。

（五）浣溪沙（42字）

又名《山花子》，另能变化出《摊破浣溪沙》。这是唐朝教坊曲名，"沙"字本来是"纱"，因为西施在若耶溪浣纱，所以又叫《浣沙溪》《浣溪纱》。

这个词牌可以理解为：在仄起平收式开头的七言绝句中，分别复制、粘贴第二句、第四句的平仄格式。这首词过片的两句一般用对仗。

范例：

一曲新词酒一杯，去年天气旧亭台。夕阳西下几时回。
无可奈何花落去，似曾相识燕归来。小园香径独徘徊。

（晏殊）

格式：

⊠仄平平⊠仄平，⊕平⊠仄仄平平。⊕平⊠仄仄平平。 ⊠仄⊕平平仄仄，⊕平⊠仄仄平平。⊕平⊠仄仄平平。

（六）巫山一段云（44字）

这是唐代教坊曲名，最初是歌咏巫山神女的故事，词牌来源于"裙拖六幅湘江水，鬓耸巫山一段云"。

这首词在平仄上，相当于在平起仄收式五言律诗的第三句、第七句末尾均加两个字。

范例：

古庙依青嶂，行宫枕碧流。水声山色锁妆楼，往事思悠悠。　云雨朝还暮，烟花春复秋。啼猿何必近孤舟，行客自多愁。

（李珣）

格式：

⊗仄平平仄，平平⊗仄平。⊕平⊗仄仄平平，⊗仄仄平平。　⊗仄平平仄，平平⊗仄平。⊕平⊗仄仄平平，⊗仄仄平平。

（七）破阵子（62字）

唐朝教坊曲名，又叫《十拍子》，是李世民做秦王时编排的大型武舞曲，用两千军人穿铁甲、举旗帜来集体表演，特别壮观。这个词牌截取舞曲中的一段，适宜表达激烈壮怀的感情。

之所以选这首词牌，是因为它有两大特点：上、下阕都有一组六言对句；都有一组七言不粘的对句。这两种特殊句式使它别具一格。注意，两阕的尾句都不可犯孤平。

范例：

醉里挑灯看剑，梦回吹角连营。八百里分麾下炙，五十弦翻塞外声，沙场秋点兵。　马作的卢飞快，弓如霹雳弦惊。

了却君王天下事，赢得生前身后名，可怜白发生。

（辛弃疾）

格式：

⟨仄⟩仄⟨平⟩平⟨仄⟩仄，平平⟨仄⟩仄⟨平⟩平。⟨仄⟩仄⟨平⟩平平仄仄，⟨仄⟩仄平平⟨仄⟩仄平，平平⟨仄⟩仄平。　　⟨仄⟩仄⟨平⟩平仄，⟨仄⟩仄⟨平⟩平。⟨仄⟩仄平平仄仄，⟨仄⟩仄平平⟨仄⟩仄平，平平⟨仄⟩仄平。

（八）水调歌头（95字）

相传隋炀帝开凿汴河时曾制《水调歌》，这首歌在唐代时很流行。《水调歌头》就是剪裁《水调歌》的歌头而成，它作为词牌首先见于北宋苏舜钦笔下。

这个词牌属于慢词了。它的平仄比较灵活，更多样式可参考词谱。这个词牌主要由五言和六言组成，句式比较整齐，便于初学者掌握。每阕的第五、六句一般用对仗。

范例：

明月几时有？把酒问青天。不知天上宫阙，今夕是何年？我欲乘风归去，又恐琼楼玉宇，高处不胜寒。起舞弄清影，何似在人间？　　转朱阁，低绮户，照无眠。不应有恨，何事长向别时圆？人有悲欢离合，月有阴晴圆缺，此事古难全。但愿人长久，千里共婵娟。

（苏轼）

格式：

⊘仄⊕平平仄，⊘仄仄平平。平平⊘仄平仄，⊘仄仄平平（上六下五或上四下七）。 ⊘仄⊕平⊘仄，⊘仄⊕平平仄，⊘仄仄平平。⊘仄⊕平仄，⊘仄⊕平平。 平平仄，平平仄，仄平平。⊕平⊕仄，平平⊘仄仄平平（上六下五或上四下七）。 ⊘仄⊕平⊘仄，⊘仄⊕平⊘仄，⊘仄平平。⊘仄⊕平仄，⊘仄仄平平。

二、仄声韵

（一）如梦令（27字）

《如梦令》又叫《忆仙姿》《宴桃源》，是五代时期唐庄宗所作。这个词牌特别容易识记，一共有四个平仄一样的六言句式，是初学者学习写词的入门词牌之一。注意，两个两字句应该用相同的字。

范例：

昨夜雨疏风骤，浓睡不消残酒。试问卷帘人，却道海棠依旧。知否，知否，应是绿肥红瘦。

（李清照）

格式：

⊘仄⊕平平仄，⊘仄⊕平平仄。⊘仄仄平平，⊘仄⊕平平平仄。平平仄，平平仄，⊘仄⊕平平仄。

(二)生查子(40字)

唐朝教坊曲名,又叫《楚云深》《梅和柳》《陌上郎》《绿罗裙》《遇仙槎》等。

这首词变格较多,有点像两组仄韵绝句。

范例:

去年元夜时,花市灯如昼。月上柳梢头,人约黄昏后。
今年元夜时,月与灯依旧。不见去年人,泪湿春衫袖。

(欧阳修)

格式:

⟨平⟩平⟨仄⟩仄平,⟨仄⟩仄平平仄。⟨仄⟩仄仄平平,⟨仄⟩仄平平仄。
⟨平⟩平⟨仄⟩仄平,⟨仄⟩仄平平仄。⟨仄⟩仄仄平平,⟨仄⟩仄平平仄。

(三)卜算子(44字)

又名《百尺楼》《楚天遥》《眉峰碧》等。有人说来源于骆宾王的外号,有人说来源于黄庭坚的词句。"卜"是"占卜"的"卜",读作"bǔ"。

这个词牌有点像两首五言仄韵绝句,只是第二句失对,第三句加了两个字。

范例:

驿外断桥边,寂寞开无主。已是黄昏独自愁,更著风和雨。 无意苦争春,一任群芳妒。零落成泥碾作尘,只有香如故。

(陆游)

第二部分 格律篇 | 153

格式：

⊘仄仄平平，⊘仄平平仄。⊘平平仄仄平，⊘仄平平仄。　⊘仄仄平平，⊘仄平平仄。⊘平平仄仄平，⊘仄平平仄。

（四）忆秦娥（46字）

《忆秦娥》又叫《秦楼月》，相传是李白首创的。秦娥是指秦穆公的女儿弄玉，她嫁给了萧史。传说二人升仙而去，甚至衍生出"乘龙快婿""萧史乘龙"的成语。

这首词押仄声韵，适宜表达忧伤、悲切、顿挫的情绪。它的第四句要叠三个字，形成一种反复歌咏的效果。

范例：

箫声咽，秦娥梦断秦楼月。秦楼月，年年柳色，灞陵伤别。　乐游原上清秋节，咸阳古道音尘绝。音尘绝，西风残照，汉家陵阙。

（李白）

格式：

平⊙仄，⊙平⊙仄平平仄。平平仄，⊘平⊙仄，仄平平仄。　⊙平⊙仄仄平平仄，⊙平⊙仄平平仄。平平仄，⊘平⊙仄，仄平平仄。

（五）盐角儿（50字）

传说宋代时教坊人的家里人在买盐的纸角中得到这个词牌曲谱，所以叫作《盐角儿》。

这首词要用入声韵，开头两句要用对仗，并且要用叠韵。注意，这首词只有一种格式，并且平仄不能变化，有几处拗句，注意严格按照词谱填词。

范例：

　　开时似雪，谢时似雪，花中奇绝。香非在蕊，香非在萼，骨中香彻。　　占溪风，留溪月，堪羞损山桃如血。直饶更，疏疏淡淡，终有一般情别。

（晁补之）

格式：

　　平平仄仄。仄平仄仄。平平平仄。平平仄仄，平平仄仄，仄平平仄。　　仄平平，平平仄，平平平平平平仄。仄平平，平平仄仄，仄仄平平仄仄。

（六）鹊桥仙（56字）

《鹊桥仙》又叫《忆人人》《广寒秋》等，它用牛郎织女的故事作为名字。

这首词以两个"平平仄仄"的四字句打头，要求对仗。

范例：

　　纤云弄巧，飞星传恨，银汉迢迢暗度。金风玉露一相逢,便胜却、人间无数。　　柔情似水,佳期如梦,忍顾鹊桥归路。两情若是久长时,又岂在、朝朝暮暮。

(秦观)

格式:

⊕平⊗仄,⊕平⊗仄,⊗仄⊕平⊗仄。⊕平⊗仄仄平平,仄⊕仄、平平⊗仄。　　⊕平⊗仄,⊕平⊗仄,⊗仄⊕平⊗仄。⊕平⊗仄仄平平,仄⊕仄、平平⊗仄。

(七)苏幕遮(62字)

《苏幕遮》是西域舞曲,用以举行仪禳鬼祈福,词牌名是少数民族语言的音译。

这个词牌包含了三、四、五、六、七言句式,比较错落有致。上阕开头两个三字句必用对仗,下阕同位置一般也用对仗。

范例:

燎沉香,消溽暑。鸟雀呼晴,侵晓窥檐语。叶上初阳干宿雨。水面清圆,一一风荷举。　　故乡遥,何日去?家住吴门,久作长安旅。五月渔郎相忆否?小楫轻舟,梦入芙蓉浦。

(周邦彦)

格式:

仄平平,平仄仄。⊗仄平平,⊗仄平平仄。⊗仄平平平仄仄。⊗仄平平,⊗仄平平仄。　　仄平平,平仄仄。

仄仄平平，仄仄平平仄。仄仄平平平仄仄。仄仄平平，仄仄平平仄。

（八）水龙吟（102字）

《水龙吟》又叫《龙吟曲》《庄椿岁》《小楼连苑》等。不同格式出入很大。

注意，第九句第一个字是领字，用仄声，引领后面的两组四字句，例如"把吴钩看了，栏杆拍遍"。最后一句一般用"一三"句式，比如"揾－英雄泪"，就会收得比较有力。

范例：

楚天千里清秋，水随天去秋无际。遥岑远目，献愁供恨，玉簪螺髻。落日楼头，断鸿声里，江南游子。把吴钩看了，栏杆拍遍，无人会，登临意。　休说鲈鱼堪脍，尽西风，季鹰归未？求田问舍，怕应羞见，刘郎才气。可惜流年，忧愁风雨，树犹如此！倩何人唤取，红巾翠袖，揾英雄泪！

（辛弃疾）

格式：

仄平仄仄平平，平平仄仄平平仄。平平仄仄，平平仄仄，平平仄仄。仄仄平平，仄仄平平，平平仄仄。仄平平仄仄，平平仄仄，平平仄，平平仄。　仄仄平平平仄，仄平平、仄平平仄。平平仄仄，仄平平仄，平平仄仄。仄仄平平，仄平平仄，仄平平仄。仄平平仄仄，平平仄仄。

三、换韵

(一) 清平乐 (46字)

《清平乐》又名《忆萝月》《醉东风》。

这首词体例特殊。上阕是四仄韵,由四、五、六、七字句式组成。下阕是三平韵,四句全都是六字句。

范例:

红笺小字,说尽平生意。鸿雁在云鱼在水,惆怅此情难寄。 斜阳独倚西楼,遥山恰对帘钩。人面不知何处,绿波依旧东流。

(晏殊)

格式:

⊙平⊙仄,⊙仄平平仄。⊙仄⊙平平仄仄,⊙仄⊙平⊙仄。 ⊙平⊙仄平平,⊙平⊙仄平平。⊙仄⊙平⊙仄,⊙平⊙仄平平。

(二) 西江月 (50字)

《西江月》是唐朝教坊曲名,又叫《步虚词》《江月令》等。

上、下阕各有两个平声韵,结尾用同一韵部的仄声韵。两阕的头两句要用对仗。

范例：

　　明月别枝惊鹊，清风半夜鸣蝉。稻花香里说丰年，听取蛙声一片。　七八个星天外，两三点雨山前。旧时茅店社林边，路转溪桥忽见。

（辛弃疾）

格式：

　　仄仄平平仄仄，平平仄仄平平。平平仄仄平平，仄仄平平仄。　仄仄平平仄仄，平平仄仄平平。平平仄仄平平，仄仄平平仄仄。

（三）虞美人（52字）

《虞美人》是唐朝教坊曲名，取自项羽"虞兮虞兮奈若何"的歌曲。

这个词牌一共八句话，共用四种韵。两仄韵、两平韵，又两仄韵、两平韵。

范例：

　　春花秋月何时了，往事知多少？小楼昨夜又东风，故国不堪回首月明中。　雕栏玉砌应犹在，只是朱颜改。问君能有几多愁，恰似一江春水向东流。

（李煜）

第二部分　格律篇　｜　159

格式：

⊕平⊘仄平平仄，⊘仄平平仄。⊕平⊘仄⊘平平，⊘仄⊕平平仄仄平平。

⊕平⊘仄⊘平仄，⊘仄平平仄。⊕平⊘仄⊘平平，⊘仄⊕平平仄仄平平。

（四）钗头凤（60字）

《钗头凤》又叫《折红英》《清商怨》《玉玲珑》等。这个词牌以陆游与前妻唐婉儿的唱和而闻名。

这首词很有特点。首先，它每阕都要换韵，上半阕用一个韵部，下半阕用另一个韵部，但都押仄声韵；其次，它每阕末尾三个字要用叠字叠韵。

范例：

红酥手，黄藤酒，满城春色宫墙柳。东风恶，欢情薄。一怀愁绪，几年离索。错！错！错！　　春如旧，人空瘦，泪痕红浥鲛绡透。桃花落，闲池阁。山盟虽在，锦书难托。莫！莫！莫！

（陆游）

格式：

平平仄，平平仄，仄平平仄平平仄。平平仄，平平仄。⊘平平仄，仄平平仄仄。仄，仄，仄。

平平仄，平平仄，仄平平仄平平仄。平平仄，平平仄。⊘平平仄，仄平平仄。仄，仄，仄。

第五章　对联的形式与要求

对于已经精通格律的人来说，写对联某种程度上是"向下兼容"。因为对联本身就是脱胎于诗词，甚至可以说五言、七言的对联本身就是诗句。

作为一种单独的文学形式，对联又额外有了新的发展，从三五个字到几十、上百字都可以，所以另有一些独特的知识。

同时，春节是大家都要过的，这就涉及春联；居家装饰、外出旅游、朋友往来都可能涉及对联。

如果能正确鉴赏对联，甚至独立创作对联，将会是一大乐趣，也是展示才华的一些机会。所以，在此开辟专门一章，讲一讲对联的入门知识。

第一节　对联的特点

对联可以分为应用性对联和装饰性对联，实用性很强。可以细分不同场景，一般上联贴左边、下联贴右边。对联讲究平仄、对仗和修辞，才能算作合格的、优秀的对联。由于对联是独立存在的，所以一副对联要能完整地表达一个意思。

一、对联的平仄

基本可以把对联理解为诗、词各种不同句式的组合。大部分诗词的句式,都可以应用到对联中。比如五个字的对联,就相当于五言律句:

净地何须扫
空门不用关

（福州涌泉寺山门）

七个字的对联,就相当于七言律句:

狂到世人皆欲杀
醉来天子不能呼

（采石矶太白楼）

当然,上联必须仄声收尾、下联必须平声收尾。同时,律诗的拗救也可以适当应用到对联上。比如"平平仄平仄,仄仄仄平平""仄仄仄平仄,平平平仄平"等,不再具体举例。

对联常用的句式还有三字句、四字句、六字句,比如这样的平仄格式:

孙行者
胡适之

（清华大学某次考题）

志同道合

花好月圆

（某婚联）

诸君能知味者
此地可避秦无

（桃园酒楼）

注意，上面六字联采用了不常规的句式，在诗词中不常见，但在对联中是允许的。

在此基础上，一、二、三、四、五、六、七言的句式，可以组合成各种各样的对联，常见的有"四五"句式、"四六"句式、"四七"句式、"五七"句式，还有不常见的其他句式，等等。比如：

一生二，二生三，三生万物
地法天，天法道，道法自然

（青城山天师洞）

公是孤臣，明月扁舟留句去
我为过客，空江一曲向谁弹

（藤县访苏亭）

气备四时，与天地日月鬼神合其德
教垂万世，继尧舜禹汤文武作之师

（国子监大成殿）

二、对联的对仗

所有诗词的对仗知识，都可以在对联中应用，并且对联的要求更加严格。

对仗的基本要求包括字数相等、平仄相对、词性相类、词义相称、结构相对,在创作对联时都要严格遵守。当然,特殊情况例外。

删繁就简三秋树
领异标新二月花

(郑板桥自题)

这是郑板桥题写在自己书房的对联,讲的是他的艺术主张。

比较它的上下联,会发现:平仄相对,都是标准的七言律句格式;动词、名词、数词分别相对;内容都是比喻艺术主张,轻重大小比较相称;"删繁就简"和"领异标新"都是并列关系的词组,都是由两个动宾词组组成;"三秋树"和"二月花"都是偏正关系词组,都是由定语修饰中心语。综上所述,这是一副十分规范的对联。

在前文学习对仗时,涉及三类必须工对的对仗,在对联中同样要十分重视:

奇石尽含千古秀
好花长占四时春

(故宫延春阁)

上下联的第五个字分别是"千""四",这属于数目对。

西岭烟霞生袖底
东洲云海落樽前

(颐和园涵远堂)

上联的"西""底"和下联的"东""前"都是方位词，属于方位对。

　　三尺天青缎
　　六味地黄丸

这是著名的"无情对"，上下联每个字都能对得上，但合在一起意义产生偏差。这副对联之所以工整，除了名词的门类对得妥帖以外，数目对和颜色对也用得好，尤其"青""黄"镶在句中十分提气。

在诗词创作中，可能被应用的流水对、扇面对，在对联中也偶然会出现，这里不再赘述。

　　南通州，北通州，南北通州通南北
　　东当铺，西当铺，东西当铺当东西

相传，纪晓岚陪侍乾隆皇帝来到通州，看到大运河上船只往来如梭，乾隆就顺口说出上联。这个上联可不好对，因为有三处用同一个地名"通州"，并且有四个方位词。纪晓岚却能很快对出下联。"通州"对"当铺"，从字面意思看十分工整，动词对动词，地理门对宫室门也很好；"南北""东西"，方位词也全都对上了，整副对联十分工稳妥帖。

三、对联的修辞

对联创作中，也可以像诗词那样，综合运用各种修辞手法，使表达更加生动形象。以下就最常见的比喻、拟人、夸张各举一例。

水作青罗带

山为碧玉簪

（广西桂林阳朔）

上联把水比作"青罗带"，下联把山比作"碧玉簪"，十分贴切形象，符合南方此地山水的特色。

未出土时便有节

及凌云处仍虚心

（李苦禅自题）

对联把竹子拟人化，并使用双关手法。

早去一天天有眼

再留此地地无皮

（无名氏讽刺联）

上下联均使用了夸张手法。

千年古树为衣架

万里长江做澡盆

（杨慎答县令联句）

杨慎是明初三才子之一，十分有名气。相传他五六岁时在一个池塘里游泳，县令路过，他居然不起来回避。县令命人把他的衣服挂在一棵古树上，并告诉杨慎："本县令出副对子，如果你能对得出，饶你不敬之罪!"县令刚念完上联，杨慎即对出下联。县令叹服，赞杨慎为神童。二人都使用了暗喻的修辞手法，上联把古树比作衣架，下联把长江比作澡盆。

四、参考读物

本书重在格律知识和诗词创作的入门，因此涉及对联的内容较少，要想深入学习对联，以下四类图书可供研读。当然，学习完本书，肯定能作出合格的甚至优秀的对联。

（一）《声律启蒙》

《声律启蒙》的作者祝明是元朝的隐士，学问很大。明代的刘节又进行了增订，使之成为《声律启蒙》的最好版本。今有浙江大学出版社《景刊古本声律启蒙》将祝明、刘节本原色影印出版。《声律启蒙》按照韵部排列，每个韵部选取常见的韵字去属对，从一个字对一个字开始，逐渐增加字数，到十多个字的对句为止。这样，学生们既学会了对仗，又掌握了韵书。

（二）《闲谈写对联》

这是对联研究专家白化文的著作，是很好的对联入门读物，被归入北京出版社《大家小书》系列。读完这本书，就能对对联的由来、要求、分类、鉴赏、创作等都有所认识。

（三）《楹联丛话》《名联趣谈》

这两本书收集了很多古代有趣的对联故事，本章节举的例子大部分都出自上述两本图书。《楹联丛话》由清代梁章钜父子编写，白化文等人校对，可惜只有繁体字版本的。《名联趣谈》的作者是大名鼎鼎的武侠小说家梁羽生，值得一看，可惜只有1999年版本的旧书，上海古籍出版社不知道为何没有为他重印或再版。

（四）《绝妙好联赏析辞典》

这本书由上海辞书出版社出版，收集了一千多首对联作品，分为六大类，作者都是名家，每一联都有简要的分析欣赏文章，能够让学习者真正成为对联的行家。

第二节　对联的形式

在古代私塾中，对对子是个基本功。随着对联日渐深入人心，文人们也喜欢拿它做游戏。

一、集句

集句，就是把古人现成的句子集在一起形成对联，包括诗、词、曲等。

前人常常利用集句来作为一种高级的对联练习，原因如下：一是能熟悉对联作法，包括调整平仄；二是可以学习古人作品，体味古人思路；三是一旦遇到各种应用场合，这些材料都很庄重典雅，拿得出手。

集句从北宋以来就零散出现，北宋文学家石延年较早用来做文字游戏，然后流行起来。王安石以集句闻名，据宋朝人沈括在《梦溪笔谈》中记载，古人诗有"风定花犹落"的句子，以为无人能对，王安石就用王籍的"鸟鸣山更幽"作对。

集句为什么如此流行呢？这就好像现代人能唱很多歌词一样，一到某种场合就不自主地哼起某个调子，或想起某句歌词。古人在诗词方面用功特别多，而近体诗只有四种基本句式，积累得多了，很容易就能发现，把不同人的不同诗句凑在一起，居然十分工整。集得越多，信手拈来得越多，越说明这个人读书读得多。于是，在没有搜索引擎的古代，集句几乎是展示自己才学的最佳方法。

读书破万卷

（杜甫《奉赠韦左丞二十二韵》）

落笔超群英

（李白《望鹦鹉洲怀祢衡》）

集句难在"门当户对"，两句诗的作者在文学史上的高度应该相称，有人把武三思的作品用来和杜甫集句，恐怕不适宜。然后两联还应该很贴合，能共同表达一个意思，否则就是两张皮。

上面两句分别是杜甫和李白的诗句，二人在古代文学史上号称现实主义和浪漫主义的两座高峰，把他们的诗句集在一起，就特别"般配"。而内容上，上下联一意顺承，毫无隔碍，可谓十分工整。

望崦嵫而勿迫
恐鹈鴂之先鸣

（鲁迅书房联）

这两句都出自屈原的《离骚》。

上联原句是:"吾令羲和弭节兮,望崦嵫而勿迫。""羲和"是神话中的人物,相传是给太阳驾车的神。"弭节",抑制调节行车的速度。"崦嵫"是神话中的山名,相传是日落的地方。原诗句意为,我让驾太阳车的羲和把速度放慢些,好教太阳不要落山。下联原句是:"恐鹈鴂之先鸣兮,使夫百草为之不芳!""鹈鴂"即杜鹃鸟,爱在春末夏初鸣叫,它开始鸣叫的时候,百花就凋谢了。

鲁迅在北京市的阜成门购买宅院后,各取《离骚》原文半句,巧妙地组织成联,请书法家乔大壮书写,悬于"老虎尾巴"书屋以自勉。上下联共同表达了惜时如金、希望奋发有为的思想。

愿天下有情人,都成了眷属

(王实甫《西厢记》)

是前生注定事,莫错过姻缘

(高明《琵琶记》)

从前,西湖有一座月老祠贴了这副对联,这是集戏剧联。上联出自王实甫的《西厢记》,下联出自高明的《琵琶记》。王实甫、高明都是元朝著名戏剧家,两部戏剧都是著名的爱情剧,两句话都流传广泛,都表达了希望爱情美满的美好愿望。

见机而作
入土为安

(陈寅恪作防空洞联)

抗战时期,国学大师陈寅恪被委托撰写一副对联,贴在防空洞门口。于是他写下这副对联。上下联都是成语,都有其本来正儿八经的含义,在他的笔下却被"曲解"了,变成"见到飞机赶紧跑,跑到地下才安全",让人读后不禁捧腹。

二、诗钟

诗钟是近代文化人喜欢玩的一种文字游戏,它限定特殊的条件,要求在规定时间内创作七言对句。

为什么称之为"诗钟"呢?据说,在出题以后,把点燃的香横着放,香根上系一根线,线头上缀个铜钱,下面再放个盘子。香燃尽时,线被烧断,铜钱落在盘子里,发出钟鸣一样的声音,说明时间已到,必须交卷,因此称为"诗钟"。

(一)镶字格

是诗钟的一类玩法,要求在诗句的不同位置镶嵌规定的汉字,又叫"镶珠"。一般出两个字,一平一仄,当然也可以多个字,要求镶在规定的位置。首字居多,其他位置也都可以。后来,镶字格常被用于征联,尤其是风景名胜区。

(相)思旧句吟红豆
(减)字新词谱木兰

这个对联要求把"相""减"二字镶入第一字的位置。上联引用了王维的《相思》:"红豆生南国,春来发几枝。愿君多采撷,此物最相思。"下联使用词牌名来对仗。《木兰花》本是词牌名,人们据此又谱出一个《减字木兰花》,所以下联称为"减字新词谱木兰"。

（二）合咏格

合咏格的意思是，上下联共同吟咏一个事物，比如以"傀儡"为题，作对联如下：

一线机关何太巧
两般面目总非真

"一"对"两"是数目对，"机关""面目"是本句自对、对句再对，十分工整，"何""太""总""非"是副词，"巧""真"是形容词。

木偶戏又称"傀儡戏"。表演时，演员在幕后一边操纵木偶，一边演唱，并配以音乐。常见的有布袋木偶、提线木偶、杖头木偶、铁线木偶等。这里用"傀儡"来比喻被人幕后操纵的前台小丑，看似十分机巧，面目栩栩如生，实际上甚是可悲。

（三）分咏格

又称单咏格，上下联各限咏一个事物，这两个事物最好毫不相干，组成一联后又能共同表达一个主题。比如以"夕阳"和"蜻蜓"为题，创作对联如下：

杨柳楼西红一抹
藕花风外立多时

"杨""柳""藕""花"，每个单字都是植物门，在古人看来可以相对；"楼"对"风"是宫室门对天文门，属于宽对；"西"和"外"属于方位对；"一"和"多"属于数目对；"抹""时"在这里做量词，可以相对；此外，"立"借了"栗色"的"栗"的音，去和"红"作对，属于借音对。

三、独特形式

对联本来起源于近体诗，但在发展过程中，逐渐成为独立的一种文体，从而也具有了独特的玩法。下面列举析字联、谐音联、数字联，请读者朋友们欣赏和学习。此外，对联中还可以镶入人名、地名，使用回环、顶真、复沓等修辞，创造出这种文体独有的趣味。

（一）析字联

汉字是由偏旁部首组成的，如果找到它们的特点，就能写出妙趣横生的对联。

烟锁池塘柳
炮镇海城楼

上联五个字的偏旁分别是"火、金、水、土、木"，分属"五行"，所以下联十分不好对。据罗大经《鹤林玉露》记载，此联被传为"绝对"。后来，有人游览广州的镇海楼，见楼下山坡遗留了旧炮台，对出下联，同样以"五行"为偏旁。

二人土上坐
一月日边明

传说此联是金章宗与他的妃子李师儿所作。那天晚上两人并肩坐在月下，金章宗出上联，李师儿对下联。两联都是把汉字拆开来写："坐"是两个"人"坐在"土"上，"明"是月亮在太阳旁边。尤其下联，把自然界日与月的关系比喻为人世间皇帝与妃子的关系，很贴切。

还有很多更加复杂的对联，读者可以自行体会。

> 此木为柴山山出
> 因火成烟夕夕多
> 寸土为寺，寺旁言诗，诗曰：明月送僧归古寺
> 双木成林，林下示禁，禁云：斧斤以时入山林

（二）谐音联

谐音联的思路或许来自"借音对"，利用汉语特有的一音多字的现象，使用谐音表达出特殊的含义。

> 莲（怜）子心中苦
> 梨（离）儿腹内酸

古代一个叫张采的读书人被判死刑，他临刑前放心不下儿子而作此联。上联和下联分别用"怜""离"的谐音字，抒发了与儿子生离死别的辛酸凄楚的心情。

> 画上荷花和尚画
> 书临汉帖翰林书

这是回文式的谐音联，上下联均可以反着念。

> 二猿伐木深山中，小猴子岂敢对锯（句）
> 一马陷身污泥内，老畜生怎能出蹄（题）

这是明朝两位文人陆荣、陈震的游戏之作，二人互相取谑，分别说对方是"小猴子""老畜生"，在特定情形下很有趣。当然，此联语言不雅，不宜模仿。

（三）数字联

学习诗词格律时讲到过，逢数目一定要工对。于是，文人们玩起了数字游戏，在一联中镶入多个数字，大大增加了对仗的难度。

> 花甲重开，外加三七岁月
> 古稀双庆，又多一个春秋

乾隆曾召开千叟宴，邀请三千九百名年届古稀的老人，其中年龄最大的一百四十一岁。这副对联赞颂了那次宴会：上联的意思是六十岁乘以二，再加三乘以七，共计一百四十一岁；下联意思是七十乘以二，再加一年，合计仍然一百四十一岁。

> 万砖千瓦，百匠造成十佛寺
> 一舟二橹，三人摇过四仙桥

这是赴京赶考的读书人借住寺庙时留下的巧对。该地有十佛寺，刚刚修建成功，上联展示了这种众志成城的成果。由于它镶入了"万、千、百、十"这四个数目,下联就不太好对。直到几人离开寺庙,经过一处四仙桥时,某位读书人突然来了灵感,对出下联。

第三节 对联的内容

常见的对联,题物的有风景名胜联、行业楹联,赠人的有题赠联、喜庆哀挽联四大类,下面就逐一列举些名联供大家赏析。

一、风景名胜联

留心处处皆学问,在各类风景区,无论是公园、名人故居、自然景区,还是寺院、道观、祠堂,到处都有对联的痕迹,并且水平通常很高。这些对联毕竟要长期悬挂甚至刻在石头上,总是会请靠谱的文化人来撰写。

> 好山一窗足
> 佳景四时宜
>
> (北海公园某山房)

意思是窗子打通了大自然和人的隔膜,把光明和空气引进来,因而就能充分领略四季美好的景色。

> 四面湖山归眼底
> 万家忧乐到心头
>
> (岳阳楼)

岳阳楼位于湖南省岳阳市，紧靠洞庭湖畔，下瞰洞庭，前望君山。古代诗人在此留下了很多名篇，比如孟浩然的"气蒸云梦泽，波撼岳阳城"，杜甫的"吴楚东南坼，乾坤日夜浮"，刘禹锡的"遥望洞庭山翠小，白银盘里一青螺"（另有版本作"山水翠"）。与岳阳楼紧密相联的还有北宋宰相范仲淹的《岳阳楼记》，其中提到"先天下之忧而忧，后天下之乐而乐"。此联相当精准地概括了岳阳楼的特点，登高一望，四面湖泊，君山翠小，更化用范仲淹的名篇，注入了家国情怀。

生死一知己
存亡两妇人

（韩信祠）

韩信是西汉著名军事家，号称"兵神"。韩信因萧何引荐而大放异彩，又因萧何建议而被诱杀，所以有"成也萧何，败也萧何"的说法，这就是"生死一知己"。韩信年轻时曾经得到漂母的救济，才得以生存下来，而后来被捕则是汉高祖皇后吕雉的主意，所以说"存亡两妇人"。这副对联仅用十个字就极为精准地概述了淮阴侯韩信的一生。

一苇渡江，远源溯六祖
九年面壁，妙理悟三乘

（达摩面壁洞）

这副对联叙说了达摩祖师在少林寺修行悟道、创立禅宗的故事。

第二部分　格律篇　177

两表酬三顾
一对足千秋

(武侯祠)

武侯祠现存的对联很多,这是郭沫若所题,悬挂在过庭的一副对联,简短十个字,概括了诸葛亮的最亮点。他是被刘备"三顾茅庐"邀请出山的,二人曾纵谈天下大事,这又被称为"隆中对",至今仍然被传诵,所以说"一对足千秋"。诸葛亮后来写过《前出师表》《后出师表》,中学课本应该会学到。所谓"士为知己者死",《出师表》所表达的感念君恩的感情,是对刘备"三顾茅庐"、敢于识人用人的回报,所以说"两表酬三顾"。

二、行业楹联

俗话说世上有"三百六十行",在古代,每逢过年贴春联,各行各业的老板们就开始八仙过海,各出奇联。这里选了几个现代社会仍然存在的行业,各举一个例子,供读者鉴赏。

不愁夕阳去
还有夜珠来

(灯具店)

这是一副流水对。上联着力点是"不愁",体现出为顾客排忧解难的商业服务态度,同时引发疑问,到底为什么"不愁"呢?下联着眼点是"夜珠",可以比喻灯具,贴切形象,恰巧与"夕阳"形成对仗。

不是胸中存灼见
如何眼底辨秋毫

（眼镜店）

此联紧扣"眼镜"功效，进一步升华为胸有诗书的寓意，形成流水对，揭示出一定哲理。

由此登堂入室
任君步月凌云

（鞋店）

这副对联显然是要给顾客讨个"好兆头"，并且两句不离鞋子。"登堂入室"出自《论语》，比喻学识见解达到一定程度，初窥门径，前提得是穿着鞋子。"步月凌云"在古代寓意着科举考试考中进士，当然这个动作一般也要穿着鞋子，除了赤脚大仙。所以，这副对联很适合鞋店使用。

我岂肯得新忘旧
君何妨以有易无

（旧货市场）

这副对联使用了"双关"的修辞手法。上联说这里经营的是旧货，反用"喜新厌旧"的成语；下联说顾客在这可以卖去不用的、买来有用的，是商家广招天下客的体现。

茶亦醉何必酒

书能香不需花

（茶楼）

　　这副对联的平仄比较独特，上联是"平仄仄平仄仄"，下联是"平平平仄平平"，都相当于三字句接在一起。

三、题赠类对联

（一）自题

　　苟有恒，何必三更眠五更起
　　最无益，莫过一日曝十日寒

（胡居仁自题）

　　这是适宜做座右铭的对联，强调学习要有恒心。"事到临头抱佛脚""三天打鱼两天晒网"都不可取，而是要有机会、有规律、长期一贯地努力学习。

　　莫放春秋佳日过
　　最难风雨故人来

（孙星衍自题）

　　古人节日游赏，特别重视春秋两季，温度适宜，景物纷呈，所以适宜外出游玩。另外，故友不邀而来，在自然界或人世间风雨飘摇之际，对主人而言，是一种极大的心理安慰。

　　宠辱不惊，看庭前花开花落

去留无意，望天上云卷云舒

(佚名述志)

这副对联记载于《幽窗小记》，写出了对待名誉、地位的旷达态度。因此，它被作为座右铭、格言，使用的频率很高。

海纳百川，有容乃大
壁立千仞，无欲则刚

(林则徐自题)

这是林则徐在虎门销烟时所写，讲了两点品质，宽容和无私。他另有一副对联也很闻名："苟利国家生死以，岂因祸福避趋之。"

(二) 赠人

三绝诗书画
一官归去来

(李啸村赠郑燮)

郑燮 (xiè) 就是郑板桥，他号称"诗书画"三绝，因不屑官场逢迎，从县令任上弃官而去。所以这首赠他的作品十分贴切，写出了他的艺术高度和宝贵人格。

没齿无怨
每饭不忘

(无名氏赠牙医)

第二部分 格律篇 | 181

俗话说，"牙疼不是病，疼起来要人命"。作者拔牙之后，痛苦解除，赠予牙医这副对联。上联典故出自《论语》："没齿无怨言。""没齿"意思是终其一生的意思。这里巧用其字面意思，形成趣味。下联本来是形容时刻铭记某个志向，这里也使用字面意思——每次吃饭，不再疼痛，而是舒适自在，的确吃一次饭想起来一次牙医的好呀。

四、喜庆哀挽联

这才是日常应用最广泛的一类对联，它分为春联、贺联、挽联等常见类别，尤其以春联最为常见。

（一）春联

春联一般用楷书，最多用行书、魏碑，目的是方便辨识，让大多数人能看明白。

> 一市九衢，辛盘璀璨重光岁
> 九瀛一统，未雨绸缪两岸心
>
> （一九九一年、辛未年获奖春联）

这副春联使用了"镶嵌法"，把干支、属相、公元数字等镶入上下联中，就会有明确指向，而不是放之四海而皆准。上下联结合起来可以看出，它所庆贺的是"一九九一年"，那一年是"辛未年"。

> 十年宦比梅花冷
> 一夜春随爆竹来
>
> （清朝某候补官员自题春节楹联）

相传，左宗棠于除夕夜微行，看见一户人家正往大门口上贴这副对联，他十分好奇：上联写得这么凄苦，显然是位仕途不得意的官员之家，下联如何写才能体现出喜庆的意思呢？没想到下联气象很大，用春色浩荡而来比喻作者并未放弃对前途的希望。左宗棠觉得这个官员很有才华，就起用了他。

一枪戳出穷鬼去
双钩搭进福神来

（归元恭自题）

归元恭是位著名的文人，但家里很穷，家里的窗户扇都破了，椅子也坏了。他自题春联如上，写得十分诙谐幽默。

福无双至今日至
祸不单行昨夜行

（无名氏）

春联也不能有"祸、灾"等不吉利的字眼或含义，这副对联就"犯了忌讳"。它其实来源于一则笑话：相传某家过年，家主要求两个儿子构思一副春联，大儿子说，"福无双至"；小儿子说，"祸不单行"。家主几乎要气晕过去了。好在他有办法，上下联各加了三个字"今日至""昨夜行"，破了晦气，还很有趣。

(二) 贺联和挽联

各种喜庆场合都有对联的影子，比如结婚、做寿、生子、升迁、考试通过等。还有一种对联是挽联。

1. 婚联

> 琴瑟在御诗歌静好
> 凤凰于飞传记和鸣

上联出自《诗经》，"琴瑟在御，莫不静好"；下联出自《左传》，"凤凰于飞，和鸣锵锵"。两个典故旗鼓相当，寓意也十分美好，是一副完美的婚联。当然，婚联还可以更确切，比如契合结婚的年份、月份、日期、时令，或镶入夫妻姓氏或姓名，以及从新郎、新娘的特点入手，等等。

2. 寿联

> 十一月十一日
> 八千春八千秋

刘凤诰任金门侍郎，有人拿着上好的纸张向他求取寿联。他正在书案前写字。就问："生日是哪天？"回答说："十一月十一日。"刘凤诰就把这六个字写在纸上。这个上联全都是仄声，完全不合常规。那个人十分生气，却不敢说什么。又问："年龄多大了？""八十整。"又写道："八千春八千秋。"那个人醒悟过来，十分高兴，连声道谢而去。《庄子·逍遥游》中提到，古代有大椿树，以八千岁为春，八千岁为秋。这个典故成为人们祝寿常用的典故。下联救得十分神奇，看似简单，实际上是神来之笔。

正常情况下，寿联要注意避讳，尤其注意对方的年龄。比如"米寿"是指八十八岁，如果一个老人家已经九十岁了，就不能祝人家"相期米寿"——那岂不是诅咒对方快快死亡嘛！

3. 其他贺联

> 投笔自雄才，可笑吾曹，毛锥子竟安所用
> 立功期马上，抗论先世，飞将军抑又何人

这是庆贺学生考入军校所作。用典故特别多，所以显得文雅。上联用班超投笔从戎的典故，称赞学生弃文习武的壮举；下联用飞将军李广的典故，鼓励学生学习古人、超越古人。

4. 挽联

> 复生不复生矣
> 有为安有为哉

这是康有为吊挽谭嗣同的对联。二人一起发动维新变法，失败后谭嗣同英勇就义。时隔十几年后，康有为在谭嗣同家乡湖南省浏阳县（今浏阳市）的烈士祠题写这副对联。谭嗣同字复生，这副对联巧妙地镶入彼此名字，表达了深切的哀挽之意。

挽联与喜庆对联不同，一般要用白纸写，并且不装裱，便于临时张贴，事后焚烧。写挽联时要"瞻前顾后，左顾右盼"，恰如其分地总结对方的一生价值。

第三部分

创作篇

第六章　创作方法

本章主要从立意、谋篇、句式、修辞四个方向来介绍创作的具体方法。所谓立意，就是思想内容；所谓谋篇，就是框架结构；所谓句式，就是素材组织方式；所谓修辞，就是素材加工手段。

第一节　立意

所谓"立意"，笔者以为就是确定要表达的思想内容。到底是叙事、抒情还是言志？是自娱还是交际？是即景、感事、咏史还是咏物？是题款、酬唱、应制、问询还是赠别？不同的思想内容，适宜用不同的艺术手法，达到不同的艺术感染效果。"立意"就好像栽种蔬菜树木一样，到底能长出什么东西来，取决于播下的种子是什么。

一、思想

从诗歌体裁来看，也就是诗歌的思想来看，大概有叙事、抒情、议论三种。

（一）叙事诗

　　暮从碧山下，山月随人归。却顾所来径，苍苍横翠微。相携及田家，童稚开荆扉。绿竹入幽径，青萝拂行衣。欢言得所憩，美酒聊共挥。长歌吟松风，曲尽河星稀。我醉君复乐，陶然共忘机。

（李白《下终南山过斛斯山人宿置酒》）

有时候，我们写诗，仅仅是为了叙说某件事情。

此时，律诗篇幅太短，不太适宜表现内容。即便是排律，也因为形式过于拘谨，不利于纵笔。此时，宜采用古风的形式，或五言，或七言，或杂言，或一韵到底，或中途换韵乃至平仄迁用，或长或短，都是可以的。

叙事诗一般要有情节，比如《木兰辞》，完整地讲述了木兰替父从军的前后过程，这进一步需要诗歌有一定层次；诗歌叙事一般也会蕴含一定感情，比如《氓》，"静言思之，躬自悼矣"，在平静的叙述之后，是沉痛的感情；诗歌叙事一般会采用多种描写手法，比如《孔雀东南飞》，综合使用了语言描写、动作描写、外貌描写、心理描写等，将一个凄婉故事娓娓道来。

上面所选范例是李白的代表作之一。环境描写渲染了氛围，也衬托出斛斯山人悠然世外的修道生活；动作描写展现了宾主共洽的宴乐过程，最后以"陶然共忘机"作结。

（二）抒情诗

戍鼓断人行，边秋一雁声。
露从今夜白，月是故乡明。
有弟皆分散，无家问死生。
寄书长不达，况乃未休兵。

（杜甫《月夜忆舍弟》）

人有七情六欲，有时创作的目的是表达某种情感。英国湖畔派诗人华兹华斯说："诗歌是强烈感情的自然流露，它源于宁静中积累起来的情感。"这种情感，可能是悲伤、愤怒、喜悦、恐惧、厌恶、忧心、思念等。比如："出门东向看，泪落沾我衣"是悲伤；"忍看朋辈成新鬼，怒向刀丛觅小诗"是愤怒；"春风得意马蹄疾，一日看尽长安花"是喜悦；"至今犹破胆，应有未招魂"是恐惧；"卮酒向人时，和气先倾倒。最要然然可可，万事称好"是厌恶；"鸿雁几时到，江湖秋水多"是忧心；"花自飘零水自流，一种相思，两处闲愁"是思念。

所选作品要表达的是思念之情。当时杜甫避难蜀地，依严武幕府初得安定，忆及家人。首联描写了凄婉寒凉的环境，颔联因秋月联想到家人，颈联总括流离现状，尾联进一步说明困境。整首诗情景交融，共同为"思念"这一主题服务。

当某种情绪被诗人从广袤的生活中提取出来，再隔开一定时空后，把它打造锤炼成为"圆美流转如弹丸"（谢朓语）的艺术品，当这种艺术品能广泛地引起自己和他人的共鸣时，作者就成功了。

（三）议论诗

> 若言琴上有琴声，放在匣中何不鸣？
> 若言声在指头上，何不于君指上听？
>
> （苏轼《琴诗》）

几乎所有的咏史诗都可以算作议论诗。比如："日暮汉宫传蜡烛，轻烟散入五侯家"以五位封侯宦官的故事表达对唐王朝前途的担忧；"江东子弟多才俊，卷土重来未可知"则旨在立论，作者认为项羽如果忍辱含垢，或能扭转楚汉战争的结局；"可怜夜半虚前席，不问苍生问鬼神"表达了对有才而不得其用现象的感慨。

此外，宋诗爱"说理"。朱熹就借读书发挥作诗，"问渠那得清如许？为有源头活水来"，指儒家之学是充实思想的源头。例诗则是苏轼作品，表达了对声音由来的思考。议论诗一般需要有巧思，想人之所未想，发人之所未发，才能横空出世、振聋发聩。

二、内容：独白类

从诗歌内容、题材来看，大概有独白和交际两种。独白并无第二人存在，是作者自己在生活中忽有所感，形成诗词。交际则是与朋友沟通、酬唱、留别或集体命题的作品。

（一）即景

> 木末芙蓉花，山中发红萼。
> 涧户寂无人，纷纷开且落。
>
> （王维《辛夷坞》）

诗人忽然被某个情状拨动心弦，心领神会，形成作品，就是即景类的内容。这种作品往往适宜用绝句形式展现，言有尽而意无穷。画面感在即景诗的创作中很重要，所以，兼为画家的诗人往往有很多此类优秀作品传世。即景诗当然也需要有感情，感情是文学作品的"主心骨"，没有感情的作品是苍白无力的。即景诗有时也会发议论，但高手都会把观点深深地隐藏在风景里，让读者自己像剥洋葱一样一层层地剥开后，发现内在的逻辑。

（二）感事

> 离别家乡岁月多，近来人事半消磨。
> 唯有门前镜湖水，春风不改旧时波。
>
> （贺知章《回乡偶书二首》其一）

在忙碌的日常中，某日因某事忽有某感，也可以成篇。感事类作品，或议论，或抒情均可，全看作者想抒发什么情感。感事类作品一般会蕴含作者对人生的思考、对事物的观点看法、对生命的感悟，往往隔着时空也能打动读者。当自己作为创作者出现时，能不能抒发出深刻的感想就成为作品能否站得住脚的前提。范例是贺知章告老还乡后偶然的感触。诗中显示，他已经返家一段时间了，人生漫漫，日常琐琐，只有面对镜湖时，才得到一刻消歇安定，所谓"物是人非"是也。

（三）咏史

> 折戟沉沙铁未销，自将磨洗认前朝。
> 东风不与周郎便，铜雀春深锁二乔。
>
> （杜牧《赤壁》）

诗人爱读书，读书则有所得；亦复可出游，游历即有感。二者都可连缀成篇。咏史作品或长或短，体裁多样，长则为赋，如《阿房宫赋》；短则为绝句，如上例。咏史作品的创作目的，或发议论、讽时事，或联系自身、抒发感情。

虽然是咏史诗，也需要描绘景状，如《赤壁》，"折戟沉沙铁未销"一句，就把读者带到荒凉的赤壁古战场。这就需要作者每到一处游历,都注意观察环境,比如泰山的面貌必然与华山有所不同,李鸿章故居与当今建筑亦迥然而异。在游览的基础上,看到、听到、闻到、触到、尝到了什么,进而形成了什么概念、判断和推理,思考了什么重大命题和深刻内涵?如此,用自己的诗词给足迹所到之处加个印章,也是独特方式。

(四)咏物

> 一陂春水绕花身,花影妖娆各占春。
> 纵被春风吹作雪,绝胜南陌碾成尘。
>
> (王安石《北陂杏花》)

咏物多以寄情,所寄之情往往言志。比如,古代文人常常用梅花自喻,来表达坚贞的气节、孤傲的情怀、自得的志趣。

"遥知不是雪,为有暗香来。"(王安石《梅花》)王安石发动熙宁变法,被罢免宰相后退居中山。此诗以"暗香"喻情怀,是一种很高修养状态的外现。"零落成泥碾作尘,只有香如故。"(陆游《卜算子·咏梅》)陆游曾接受四川宣抚使王炎的邀请,投身前线军旅,但被调任闲职。该词表达了陆游理想破灭后的孤寂感受和坚持气节的心志。例诗则写的是杏花,是王安石创作于闲居南京时期,表达坚持理想、不与俗众同流的情志。

咏物诗最宜借题发挥、"指桑骂槐"或"拈花一笑"。在创作咏物诗时,应注意把握事物的内在联系,也就是共通点,不能强拉硬扯。另外,同一个意象,不同场合可以表达或褒或贬的思想,比如桃花,有的时候比喻美女,有的时候比喻小人,有的时候比喻春天。

三、内容：交际类

古人说："不学诗，无以言。"这里的"诗"当初特指《诗经》。此外，《论语》《孟子》《孝经》《中庸》《仪礼》《左传》等各类经史典籍，都不同程度引用《诗经》。可见诗歌在社会交际方面的重大作用。到了后世，诗歌仍然是一种文雅的、隐约的、含蓄的、羚羊挂角的交际手段，上至朝堂、下至闺房，远至传书、近至诗钟，所谓"文人交情一张纸"是也。

（一）题款

> 素练风霜起，苍鹰画作殊。
> 㧐身思狡兔，侧目似愁胡。
> 绦镟光堪摘，轩楹势可呼。
> 何当击凡鸟，毛血洒平芜。
>
> （杜甫《画鹰》）

朋友画了幅画，希望配首诗，乃至题字。这时候该怎么写？宜采用较短小的体裁。五绝、七绝较宜配画，律诗更庄重些，对联也很常用。

题款时，要对画作有所概括，反映出绘画内容；还要有所提高，设想出画面以外的内容——或动态的画面，或画作传达的思想感情。

杜甫的《画鹰》创作于青年时期，既是题画诗，又是咏物诗，意气风发，建功立业之情溢于言表。他同期还创作过《房兵曹胡马》："所向无空阔，真堪托死生。"这也是题画、咏物的佳作。

（二）酬唱

> 人生到处知何似？应似飞鸿踏雪泥。
> 泥上偶然留指爪，鸿飞那复计东西？
> 老僧已死成新塔，坏壁无由见旧题。
> 往日崎岖还记否？路长人困蹇驴嘶。
>
> （苏轼《和子由渑池怀旧》）

酬唱之作，有命题作诗，也有和诗。命题时，可指一物、可指一事，可限韵、可限时，可写诗、可写联，形式不一而足。和诗时有步韵、用韵、叠韵等说法。

《红楼梦》中有贾宝玉等人结社作诗的情节。以"海棠"为题，每人一首，要求同韵同字，如史湘云的"花因喜洁难寻偶，人为悲秋易断魂"，林黛玉的"偷来梨蕊三分白，借得梅花一缕魂"，据说各自作品都是其性格和境遇的反映。实际上，各个作品的风格都很类似，并没有把诗风拓开。

（三）赠别

> 毕竟西湖六月中，风光不与四时同。
> 接天莲叶无穷碧，映日荷花别样红。
>
> （杨万里《晓出净慈寺送林子方》）

古人交通不便，通讯不便，一分别很难相见，离别之际更加伤感，诸位诗家的优秀赠别作品十分常见。

赠别时，可宽慰对方，"莫愁前路无知己，天下谁人不识君"；可表达难舍之情，"劝君更尽一杯酒，西出阳关无故人"；可夸

第三部分 创作篇 | 195

张其词,"桃花潭水深千尺,不及汪伦送我情";也可巧妙双关,"东边日出西边雨,道是无晴却有晴"……古人成句比比皆是。杨万里这首诗对林子方寄予了美好祝福——能上达天听、"沐浴皇恩",此后发展不可限量。

今人赠别也很常见,可多联系自己和对方的实际去写。一般宜给予祝福或表达难舍之情。

(四)问询

> 洞房昨夜停红烛,待晓堂前拜舅姑。
> 妆罢低声问夫婿,画眉深浅入时无?
> （朱庆馀《近试上张水部》）

这是古人的书信、短信,目的简洁,只不过用文雅的方式表达出来。

例诗表现的是,朱庆馀将要参加科举考试,问水部员外郎张籍自己的文风对不对路数。此类的还有:白居易"晚来天欲雪,能饮一杯无",邀请刘十九来喝酒;韩愈"最是一年春好处,绝胜烟柳满皇都",邀请张籍春游,以避开皇城人事喧扰,获得一时清静。

第二节 谋篇

所谓"谋篇",既有现代文学理论所言的叙述顺序——正叙、倒叙、插叙,又有诗句特有的结构形式——鱼形、之形、丫形、人形,还有传统意义上的起承转合之法。

一、叙述顺序

（一）正叙

> 剑外忽传收蓟北，初闻涕泪满衣裳。
> 却看妻子愁何在，漫卷诗书喜欲狂。
> 白日放歌须纵酒，青春作伴好还乡。
> 即从巴峡穿巫峡，便下襄阳向洛阳。
>
> （杜甫《闻官军收河南河北》）

对于记叙文来说，正叙，又指顺叙，是按照事件发生、发展的时间先后顺序来进行叙述的方法。对于诗词创作来说，按照正常的逻辑顺序，比如时间、空间、事件的推移，展开描绘，就可以视作正叙。

例文是杜甫平生难得一见的"快诗"，讲述了他在四川听说收复失地后的所思所想。第一联是所发生的事件，第二联是第一时间的感受，第三联是因之而起的想法，第四联是计划接下来的行动。

由于律诗有一定篇幅，需要有头有尾地创作一个艺术品，既不着重详细描述事件，又一般不会定格在一个画面，所以就需要有一个思路演进的过程，进而较多地使用了正常叙写的方式。

（二）倒叙

> 打起黄莺儿，莫教枝上啼。
> 啼时惊妾梦，不得到辽西。
>
> （金昌绪《春怨》）

倒叙,是根据表达的需要,把事件的结局或某个最重要、最突出的片段提到前边,然后再说明事件的缘起。电影及小说创作中常用倒叙。

例诗中,作者先交代当前情状,且其似乎不合常理。按说黄莺鸣声清脆、讨人喜欢,为何主人公却要打飞它?第三句,作者在道出理由,第四句延伸出真实原因。原来,晨鸟的鸣叫声打扰了主人公的美梦,使他中断了与出征边塞的丈夫的梦中相会。读者到此恍然大悟。

倒叙往往能制造小的悬念、落差,形成艺术美感,特别适用短小精悍的绝句。

(三)插叙

> 绝代有佳人,幽居在空谷。自云良家子,零落依草木。关中昔丧乱,兄弟遭杀戮。官高何足论,不得收骨肉。世情恶衰歇,万事随转烛。夫婿轻薄儿,新人美如玉。合昏尚知时,鸳鸯不独宿。但见新人笑,那闻旧人哭。在山泉水清,出山泉水浊。侍婢卖珠回,牵萝补茅屋。摘花不插发,采柏动盈掬。天寒翠袖薄,日暮倚修竹。

(杜甫《佳人》)

在叙述故事情节的过程中,插入其他内容的叙述,以丰富和补充主要情节,推进或延缓情节的进程,调节叙述节奏,有助于刻画人物性格,表达主题。

例诗第一、二句交代全诗背景,从第三句到第十四句都属于插叙的内容,用"佳人"的口吻,讲述了他幽居此地的缘由。从第十五句开始,又跳回到当前的时间线,描写其生活情状。插叙的使用,通常需要铺排篇幅,因而多运用在较长的古风作品中。

二、结构形状

就全篇结构而言,我个人把它们分为鱼形、之形、丫形和人形等形态,常用于古风、律诗、绝句等不同体裁。

(一)鱼形

风劲角弓鸣,将军猎渭城。
草枯鹰眼疾,雪尽马蹄轻。
忽过新丰市,还归细柳营。
回看射雕处,千里暮云平。

(王维《观猎》)

所谓"鱼形",是首联点题后,颔联宕开时空,颈联又收束到具体事物,尾联再略微铺开。整首诗的意象密度先窄、后宽、又收、再放。前文所举诗例,杜审言的《和晋陵陆丞相早春游望》就是典型。另外,第二联扫描大场景、第三联聚焦小事物,或第二联写景物、第三联写人事,都算是一种鱼形的形状。

此外,用句式的舒缓和紧凑造成全诗气脉的扩展和收紧,也是一种鱼形。王维特别善于在颔联、颈联交错使用复句和长单句,造成意象的丰富与简洁,从而形成节奏。如上例,首联把镜头对准出猎队伍,颔联用两个复句描绘了广阔天地间的围猎画面,颈联则变成两个动宾词组(省略了主语的单句),绘制了围猎路线,尾联把画笔荡开,并照应首联。

鱼形还有更多变化。首联对仗,尤其是偷春格,就像张开嘴的鱼，因为它在第一联就铺排意象，场面宏大。例如骆宾王以"城阙辅三秦，风烟望五津"开头，又以"与君离别意，同是宦游人"这个流水对承接，收束起来。中间两联均写景，尤其第三联更阔大的话，就好像平鱼，胸小肚大，尾联收束。

这种形态常常被使用在律诗中，形成既不呆板、又不放逸的格局。

（二）之形

　　暮从碧山下，山月随人归。却顾所来径，苍苍横翠微。相携及田家，童稚开荆扉。绿竹入幽径，青萝拂行衣。欢言得所憩，美酒聊共挥。长歌吟松风，曲尽河星稀。我醉君复乐，陶然共忘机。

（李白《下终南山过斛斯山人宿置酒》）

所谓"之"字形，就是每四至六句一个单位，反复转折，仿佛"之"字。这种转折，一般是一层意思说尽，另外起头再说一层。就好像抹墙工人刮腻子，从左向右一铲子、再从右向左一铲子，交叠转折而下，形成一个形态。

例诗是李白访友作品，是典型的叙事诗：第一至四句，远路而来；第五至八句，进了家门；第九至十二句，促膝畅饮；第十三至十四句，总结收尾。层次井然，曲终奏雅。

王维的《西施咏》则是咏史自喻的典型。第一至四句写入宫前的因由际遇，第五至八句写入宫后受到宠爱，第九至十二句发表议论。脉络清晰，笔画有力。

这种形态常常被用在古风中，形成内容上的左转右折，层层交叠。并且这种转折很容易延长，就像跳舞一样，数着拍子摇曳生姿。

这种形态也常常被用在绝句中,形成"落笔—拖曳—转折—收尾"的挥毫过程。

(三)丫形或人形

> 怀君属秋夜,散步咏凉天。
> 空山松子落,幽人应未眠。
>
> （韦应物《秋夜寄邱二十二员外》）
>
> 眼见客愁愁不醒,无赖春色到江亭。
> 即遣花开深造次,便教莺语太丁宁。
>
> （杜甫《绝句漫兴九首》）

"丫形"和"人形"是绝句创作中较常见的两种结构。

所谓"丫形",是指以对仗开头的结构,如例一,第一、二句好像两扇大门左右敞开,第三、四句依次承意而下。"丫形"更多用在五言绝句中,因为五言高古,首句不入韵也常见,比如"昨夜裙带解,今朝蟢子飞""绿蚁新醅酒,红泥小火炉""功盖三分国,名成八阵图"。它偶然也用在七言绝句中,比如"回乐峰前沙似雪,受降城外月如霜",但比较罕见,因为七言绝句首句以入韵为正格。诗人在使用"丫形"结构时,往往似对非对,比如"朱雀桥边野草花,乌衣巷口夕阳斜""独怜幽草涧边生,上有黄鹂深树鸣"。总之,绝句的第一、二句对仗,就显得开局或宏大或精美。

如果前两句顺承而下,第三、四句却用对仗,就是"人形"结构了。这种结构多半是"截句",也许本来想写律诗,结果凑不成篇,就"截"为绝句。典型代表有祖咏的《终南望余雪》:"终南阴岭秀,积雪浮云端。林表明霁色,城中增暮寒。"他居然在科举考试时,搁笔断片儿,本来应该写十二句排律,他写了四句就不干了,别人问为什么,他说:"意尽。"杜甫也有很多第三、四句对仗的绝句,除了例诗外,还有"留连戏蝶时时舞,自在娇莺恰恰啼""繁枝容易纷纷落,嫩蕊商量细细开""颠狂柳絮随风舞,轻薄桃花逐水流"等。这种绝句,往往把意境铺排开,却突然止笔,就像大写的"人"字。

三、起承转合

元代诗词理论家范德玑在《诗格》中提出"起承转合"的概念:"起要平直,承要舂容,转要变化,合要渊永。"这个概念至今仍被奉为圭臬。

(一)起法

1. 铺陈

春江潮水连海平,海上明月共潮生。滟滟随波千万里,何处春江无月明!江流宛转绕芳甸,月照花林皆似霰。空里流霜不觉飞,汀上白沙看不见。江天一色无纤尘,皎皎空中孤月轮。江畔何人初见月?江月何年初照人?人生代代无穷已,江月年年只相似。不知江月待何人,但见长江送流水。白云一片去悠悠,青枫浦上不胜愁。谁家今夜扁舟子?何处相思明月楼?可怜楼上月徘徊,应照离人妆镜台。玉户帘中卷不去,捣衣砧上拂还来。此时相望不相闻,愿逐月华流照君。鸿雁长飞光不度,鱼龙潜跃水成文。昨夜闲潭梦落花,可怜春半不还家。江水流春去欲尽,江潭落月复西斜。斜月沉沉藏海雾，碣石潇湘无限路。不知乘月几人归，落月摇情满江树。

（张若虚《春江花月夜》）

在诗歌的创作中，凡是直接开题、从容铺叙的作品，都可以视作"铺陈"，也就是用"赋"的方法开头。这暗合范德玑"起要平直"的说法。

朱熹在《诗集传》中说："赋者，敷陈其事而直言之者也。"它本是《诗经》的三种主要艺术手法之一，却在富丽华美的汉赋中得到广泛运用。至于写诗，更适于古风类和叙事类作品，杜甫的《丹青引》、白居易的《长恨歌》《琵琶行》都是典型代表。

当然，近体诗也经常采用铺陈手法开头。一般而言，应交代诗词创作的背景，包括时间、地点、人物、事件，或西方新闻理论中的"5W1H"："when（时间）、where（地点）、who（人物）、what（事件）、why（起因）、how（经过）。"比如王维《终南别业》："中岁颇好道，晚家南山陲。"首联并无任何花巧，平白地交代创作背景。再比如李白的《早发白帝城》"朝辞白帝彩云间"一句话中，包含了时间、地点、人物和事件。

2. 写景

细草微风岸，危樯独夜舟。
星垂平野阔，月涌大江流。
名岂文章著，官应老病休。
飘飘何所似？天地一沙鸥。

（杜甫《旅夜书怀》）

第三部分 创作篇

王国维说:"一切景语皆情语。"诗词一道,重在创造意境,而创造的方法,莫过于借景抒情、情景交融。以写景开头,能够立即把读者拉入自己搭建的虚拟艺术空间里。

杜甫晚年离开成都以后,江山独对苍茫自然,思及一生漂泊,作成此篇。作者首联即用对仗写景,营造了清冷孤寂的氛围,缓缓提笔,深深描绘。

以"景语"开头,还能起到"起兴"的作用。通常,古人都不自觉地使用这一点。因为全诗所埋藏的感情应该是一脉相通的,所以笔下的景色就包含了感情基调。

同类的例子还有许多。孟浩然《宿桐庐江寄广陵旧游》:"山暝听猿愁,沧江急夜流。"钱起《赠阙下裴舍人》:"二月黄鹂飞上林,春城紫禁晓阴阴。"王昌龄《芙蓉楼送辛渐》:"寒雨连江夜入吴。"刘禹锡《乌衣巷》:"朱雀桥边野草花。"

3. 设问

世味年来薄似纱,谁令骑马客京华?
小楼一夜听春雨,深巷明朝卖杏花。
矮纸斜行闲作草,晴窗细乳戏分茶。
素衣莫起风尘叹,犹及清明可到家。

(陆游《临安春雨初霁》)

诗人有时会明知故问,自问自答,乃至答案自在言中。设问就好像惊堂木,"啪"一声,读者的精神立刻被调动起来。

例诗是陆游晚年被召入京时创作的,他经历了宦海风波,也一度在家闲居。这时奉命入京,自然颇多感慨。所以"谁令骑马客京华"者，其实是"自寻多事"，心中颇为踌躇才有此问。

同类的例子还有许多。孟浩然《留别王维》："寂寂竟何待？朝朝空自归。"高适《送李少府贬峡中王少府贬长沙》："嗟君此别意何如？驻马衔杯问谪居。"苏轼《和子由渑池怀旧》："人生到处知何似？应似飞鸿踏雪泥。"姚合《武功县中作》："一官无限日，愁闷欲何如？"陈师道《别黄山居士》："田园相与老，此别意如何？"

在律诗中，设问多用在首联或第七句。绝句则多在第二、三句。

（二）承法

1. 展开

> 清江一曲抱村流，长夏江村事事幽。
> 自去自来梁上燕，相亲相近水中鸥。
> 老妻画纸为棋局，稚子敲针作钓钩。
> 但有故人供禄米，微躯此外更何求？
>
> （杜甫《江村》）

例诗首联写意勾勒出夏日江村即景，并引出题眼"幽"字。到底怎么个"幽"法？颔联对此展开描写。

此种承法多用于律诗，颔联不仅依题眼展开画面，而且扩大意象，营造一片诗意天地。杜甫十分擅长此手法，因而创作了各种风格的高水平颔联。比如"三峡楼台淹日月，五溪衣服共云山""五更鼓角声悲壮，三峡星河影动摇""锦江春色来天地，玉垒浮云变古今""无边落木萧萧下，不尽长江滚滚来"等。

2. 延伸

> 独在异乡为异客，每逢佳节倍思亲。
> 遥知兄弟登高处，遍插茱萸少一人。
> 　　　　　　　　（王维《九月九日忆山东兄弟》）

延伸，就好比迈步子，第一句迈出一小步，第二句接着迈出一大步。

例诗中，既然一个人在他乡，会出现什么情况呢？就是节日时更加思念家人。第二句是在第一句基础上把思路继续延伸。

此法多见于绝句，可以从思路、动作、时空多个维度去延伸。比如王昌龄《闺怨》的首二句："闺中少妇不知愁，春日凝妆上翠楼。"再比如王维《相思》的首二句："红豆生南国，春来发几枝。"

3. 对照

> 缥缈巫山女，归来七八年。
> 殷勤湘水曲，留在十三弦。
> 苦调吟还出，深情咽不传。
> 万重云水思，今夜月明前。
> 　　　　　　　　（白居易的《夜闻筝中弹潇湘送神曲感旧》）

在"承"时对照"起"，多见于绝句，也就是"丫形"结构，首二句一般对仗。如"白日依山尽，黄河入海流""绿蚁新醅酒，红泥小火炉"等。也有使用对照手法而不对仗，或似对非对，如"空山不见人，但闻人语响"等。

在律诗中，对照手法也有少量例子。例诗的首联与颔联即形成"扇面对"。

（三）转法

粗算有两大类、六小种转法。于律诗而言，由自然到自我的思路转换，写景角度的变化，是最常见的两种转法；于绝句而言，内容精简，就不宜大转，而应小转，比如主角的出现，以及时间、地理、语气或情绪的变化。

1. 思路转换

> 昔闻洞庭水，今上岳阳楼。
> 吴楚东南坼，乾坤日夜浮。
> 亲朋无一字，老病有孤舟。
> 戎马关山北，凭轩涕泗流。
>
> （杜甫《登岳阳楼》）

颔联写景，一联足够。那么颈联干什么用？要转回现实问题了。这是杜甫最擅长的套路。他的五律、七律，都大量使用这种手法。如例诗，杜甫当时已经老年，离开了成都安定的生活环境，漂流路途，感触深刻而笔力老健。颔联描绘了登岳阳楼所能见的波澜壮阔的自然景象，颈联转向自身，联想起自己眷属分离、孤老病痛的现实。这使得"我"深刻地镶入自然中，又使自然尽着"我"的色彩，这是"有我之境"，是物我相融也。此法多用于律诗。

2. 镜头转换

> 不知香积寺，数里入云峰。
> 古木无人径，深山何处钟。
> 泉声咽危石，日色冷青松。
> 薄暮空潭曲，安禅制毒龙。
>
> （王维《过香积寺》）

也有大量诗人、大量作品喜欢在颔联和颈联都写景。那如何处理各联之间的层次关系呢？很简单，转换镜头！推、拉、摇、移均可。王维晚年信仰佛教，自号摩诘居士，此诗描写了他游览佛教寺院时的感受。例诗中，颔联描写了香积寺的"声"与"色"，是扫描；颈联则聚焦到一处清幽之地，有泉水呜咽流淌，有松林透着阴凉，是特写。两联绝没有主人公出现，这是"无我之境"，是"不知何者为我"也。此法亦多用于律诗。

3. 主角出场

> 云母屏风烛影深，长河渐落晓星沉。
> 嫦娥应悔偷灵药，碧海青天夜夜心。
>
> （李商隐《嫦娥》）

为了把读者代入意境中，诗人往往会先描写环境。那么主人公何时出现为宜呢？第三句是个节奏点。例诗中，先设想了月宫清冷的环境，以及在月宫中所观览到的广袤夜空在缓缓变化。到底谁在那、又在干什么呢？主角嫦娥登场了，她无比悔恨，肝肠寸断，粉泪涟涟。因为她当初盗取了不死药，才会导致如今独守寒宫的局面吧！这是李商隐陷身牛李党争而悔不当初的心境写真。

当然，这个主角不一定是人物，也可能是动物、植物或物件。以下诗句都出现在绝句的第三句，均是全诗的核心意象："八尺龙须方锦褥""无情最是台城柳""可怜无定河边骨""多情只有春庭月"。

4. 时间转换

> 君自故乡来，应知故乡事。
> 来日绮窗前，寒梅著花未？
>
> （王维《杂诗》）

绝句常用的转法还有时间的转换。例诗采用对话模式，第一、二句交代创作背景，第三句把时间跳转到过去，问"你出发的那天"梅花开放否。这就好像凭空架起一座桥梁，把读者引渡到另一条时间线上。

5. 地点转换

> 新妆宜面下朱楼，深锁春光一院愁。
> 行到中庭数花朵，蜻蜓飞上玉搔头。
>
> （刘禹锡《春词》）

绝句很适宜素描生活片段，如此则不好跳转时间，就可以从空间上想办法。例诗写闺怨，时间只是当前。所以作者让主人公动起来,从楼阁里"行到中庭",移步换景,拓开了空间。

6. 语气转换

> 孤云将野鹤,岂向人间住。
> 莫买沃洲山,时人已知处。
>
> (刘长卿《送方外上人》)

也有的绝句是酬唱之作,通篇"你""我",并不需要写景,就用语气或情绪的转折来实现。例诗是刘长卿送别高僧之作,前两句写高僧闲云野鹤、不恋红尘,第三句用否定句将语气一转,提出"莫买沃洲山",引发了读者的疑问。

(四)合法

近体诗的结尾,无外乎"抛""收""动""静",具体如下。

1. 抛出去

> 余生欲老海南村,帝遣巫阳招我魂。
> 杳杳天低鹘没处,青山一发是中原。
>
> (苏轼《澄迈驿通潮阁》)

把思路向时间或空间的远处引出,好比画作的淡出,得脉脉之情思或袅袅之余韵。苏轼创作例诗时,正在海南岛上,得知被量移内地的消息,激发一丝向往和期盼。这些情绪隐藏在"青山一发是中原"句中。

2. 收回来

> 夫子何为者，栖栖一代中。
> 地犹鄹氏邑，宅即鲁王宫。
> 叹凤嗟身否，伤麟怨道穷。
> 今看两楹奠，当与梦时同。
>
> （李隆基《经邹鲁祭孔子而叹之》）

所谓"首尾呼应"，就要求尾联或尾句回扣主题，或应和首联。好比画个圆圈，又或毛笔楷书的收笔。例诗首联写孔子周游以求其志，尾联则说儒家思想流传播布、得到尊崇，孔子已经得志。

3. 定下去

> 独怜幽草涧边生，上有黄鹂深树鸣。
> 春潮带雨晚来急，野渡无人舟自横。
>
> （韦应物《滁州西涧》）

以"景语"作结可得言外之旨，为读者留下想象空间。具体方式之一就是描绘一幅静态画面。韦应物本身精通绘画，所以其诗作也具画面感。尾联描写无人渡口小船横斜的情形，把画面定在了这里。

4. 动起来

> 雪净胡天牧马还，月明羌笛戍楼间。

借问梅花何处落,风吹一夜满关山。

(高适《塞上听吹笛》)

让画面动起来,可以摇曳生姿,另具特色。例诗与李白的诗一样,用梅花指代吹笛,笛音在朔风的吹拂下洋洋洒洒飘向塞外关山。同类还有"一夜连枷响到明""铁马冰河入梦来""细雨骑驴入剑门"等。

第三节　句式

都是把同样多的汉字堆积到一起,为什么古人就能写出那么唯美的句子?他们有什么诀窍吗?关键就是句式。就好像绘画一样,一样用笔,一样画各种线条,擅长画画的人画出来的线条优美,不擅长的就是在涂鸦。

本节主要从诗词创作的角度,分析有什么常见的单句、复句,如何运用。涉及句子成分、单句类别、复句类别、标志符号等,均以中学、大学课本的相关语法知识为前提,此处不过多介绍。

语法符号有单句和复句两种。

单句:

(定语)主语‖[状语](定语)谓语〈补语〉(定语)宾语。

注:用"‖"表示主语与谓语的分界。

复句:

单句一,‖单句二;│单句三,‖单句四。

注：用"｜"表示第一层、"‖"表示第二层，以此类推。

一、一般单句

所谓一般单句，是较完整的一句话，符合一般语法顺序，流畅自然，节奏平缓。

（一）主谓宾齐全

如果在一句诗中，主语、谓语、宾语这三者都有，并且按顺序排列，看起来像一句正常的话，那么这就是简单的句子，一目了然。

水‖过清源寺，山‖经绮季祠。
（白居易《代书诗一百韵寄微之》）
吾‖爱孟夫子，风流天下闻。
（李白《赠孟浩然》）

但实际上，很少有诗人仅仅使用主谓宾结构的单句，因为它太普通、太浪费了。只有其中主语和宾语都是联合词组或专有名词时，或出现三个字的专用名词时，才会出现在诗人的笔下。如上例，"清源寺""绮季祠"是专有名词，挤占了大部分空间，所以诗中除主谓宾外没有多余成分。

（二）增加定语

在一般单句中，诗人多会增加句子成分，目的是用有限的字数创造更多意象。

此种单句，主语、宾语一般均是表意象的词汇，有时候定语又是一个意象，因而意象丰富，但因属于简单单句，故节奏不紧张。另外，主语、宾语之间有所偏重，往往一个是施动者、一个是受动者，从而产生参差感。

1. 在主语前加定语

这时候定语往往是专有名词或联合词组：

（鱼）笺 ‖ 请诗赋，（橦）布 ‖ 作衣裳。

（王维《送李员外贤郎》）

2. 介词短语作主语

天上 ‖ 多鸿雁，池中 ‖ 足鲤鱼。

（杜甫《寄高三十五詹事》）

3. 在宾语前加定语

这时候主语往往是专有名词或联合词组：

苜蓿 ‖ 随（天）马，葡萄 ‖ 逐（汉）臣。

（王维《送刘司直赴安西》）

桂尊 ‖ 迎（帝）子，杜若 ‖ 赠（佳）人。

（王维《椒园》）

烟尘 ‖ 犯（雪）岭，鼓角 ‖ 动（江）城。

（杜甫《岁暮》）

贾谊 ‖ 辞（明）主，萧何 ‖ 识（故）侯。

（刘长卿《送李使君贬连州》）

4. 在主语和宾语前都加定语

这种句式比较机械,在律诗中,最好只用于一联或一句:

(夕)阳 ‖ 薰(细)草,(江)色 ‖ 映(疏)帘。

(杜甫《晚晴》)

5. 在宾语前加复杂成分作定语

这样就成为意象较饱满的一般单句,这种定语一般是动宾词组:

犬 ‖ 迎(曾宿)客,鸦 ‖ 护(落巢)儿。

(杜甫《重过何氏五首》)

月 ‖ 明(垂叶)露,云 ‖ 逐(度溪)风。

(杜甫《秦州杂诗》)

夜 ‖ 足(霑沙)雨,春 ‖ 多(逆水)风。

(杜甫《老病》)

(三)没有宾语

没有宾语的句式但主语、谓语齐全,就不算缺少成分。但目前尚未发现只有主语和谓语的近体诗,一般会在谓语前后加成分,乃至主语也增加定语。主谓形式能强调事物及其动作,使画面产生动态感。

1. 在谓语动词前加状语

一般是介宾短语作状语:

山 ‖ [从人面]起,云 ‖ [傍马头]生。

(李白《送友人入蜀》)

（年）华‖[已][伴梅梢]晚，
（春）色‖[先][从草际]归。

（黄庭坚《春近》）

2. 有时候副词作状语

谁怜远游子，（心）旌[正]摇摇。

（贺铸《秦淮夜泊》）

3. 往往省略介词

（明）月‖[松间]照，（清）泉‖[石上]流。
（王维《山居秋暝》）
（戎）鞭‖[腰下]插，（羌）笛‖[雪中]吹。
（李颀《塞下曲》）
（野）鹤‖[清晨]出，（山）精‖[白日]藏。
（杜甫《陪郑广文游何将军山林十首》）

还可以用主谓短语作谓语，或在谓语动词后加补语（但一般补语前置，见后文）。

二、特殊单句

如果都是跟正常说话一样，那么诗也就失去"诗味"了。为了在极短的篇幅内展现丰富的内容，为了使情感表达得更加充沛而有张力，有时候也为了适应韵律的需求，诗人就需要省略一些内容，调整语序，或者使用紧缩的、复杂的句式。因而，最后呈现在读者面前的就是一些变形的句子。

(一)成分残缺

1. 省略主语

最常见的是省略主语,有了前后文交代,即便不写主语,也不影响句意。例诗省略了"狩猎队伍",剩下动宾短语作为骨干支撑着:

‖[忽]过新丰市,‖[还]归细柳营。

(王维《观猎》)

省略了主语就多了个自由裁量的字,一般可用虚词替补,强调感情、增加诗意:

‖[犹]瞻(太白)雪,‖[喜]遇(武功)天。
(杜甫《喜达行在所三首》)
‖[青草瘴时]过夏口,‖[白头浪里]出溢城。
(王维《送杨少府贬郴州》)

七言诗照样可以是单句,并且还省略主语。但它多了状语修饰谓语,并不缺乏意象。

2. 省略谓语

有的句子纯由名词组成,往往是两个名词性词组相加,形成片段的意象。它们可以视为句子的主语。但谓语和其他成分都缺失了。

(八年)(身世)梦,(一种)(水风)声。

(元稹《遣行》)

袖中 ‖（吴郡）（新）（诗）本，襟上 ‖（杭州）（旧）（酒）痕。

（白居易《故衫》）

第二例完整表述出来是："袖中揣着吴郡的新的录了诗的本，襟上留着杭州的旧的滴了酒的痕。"两句均省略了谓语动词，均用三个"的"字词组（省略了"的"）作定语修饰宾语。

还有在复句中省略的情况，这里举一例，"水""道""门""村"是主语，各自用定语修饰：

（涧）水 |（空山）道，（柴）门 |（老树）村。

（杜甫《忆幼子》）

3. 省略宾语

宾语并不是一定要有的句子成分，但应该有时却省略了，就是一种诗的语言。这是两个兼语句，在上下联的第二个字之后，都应该有宾语"竹子"，它同时是各自的后半句的主语，但都被省略了：

雨 ‖ 洗 ＿＿＿ ［娟娟］净，风 ‖ 吹 ＿＿＿ ［细细］香。
　　　　（兼语）　　　　　　　　（兼语）

（杜甫《严郑公宅同咏竹》）

4. 省略介词

主谓句的谓语前，一般会只带状语而省略介词。下例省略了"从"和"在"：

薜萝‖［山径］入，荷芰‖［水亭］开。

（杜审言《夏日过郑七山斋》）

有的时候不仅省略介词，还会状语前置：

［城上］（胡）笳‖奏，［山边］（汉）节‖归。

（杜甫《秦州杂诗》）

（二）成分倒置

诗的语言，不仅要节约用字，而且要"不走寻常路"，才能突出某个意象，让人眼前一亮。

1. 状语前置

在谓语前面修饰它的成分叫状语，诗人经常把状语挪到一句话的最前面，先让感觉迎面而来，营造出诗歌的氛围。

［暂时］花‖戴雪，［几处］叶‖沉波。

（杜甫《蒹葭》）

［雨中］（山）果‖落，［灯下］（草）虫‖鸣。

（王维《秋夜独坐》）

［郭外］（秋）声‖急，［城边］（月）色‖残。

（王昌龄《和振上人秋夜怀士会》）

［仗外］（诸）峰‖献（松）雪，

［霜前］（一）雁‖度（宫）云。

（杨万里《赴文德殿听麻仍拜表》）

第三部分　创作篇　｜　219

2. 状语后置

换个情况，作者有时候又很想突出动作或画面，就会把主语、谓语放在前面，把本来在谓语前面的修饰词放在后面，这就是状语后置。

日‖出［寒山外］，江‖流［宿雾中］。

（杜甫《客亭》）

影‖静［千官里］，心‖苏［七校前］。

（杜甫《喜达行在所三首》）

3. 宾语前置

把宾语提前有强调环境、聚焦视角的作用。

（柳）色（春）山‖映，（梨）花（夕）鸟‖藏。

（王维《春日上方即事》）

（楚）塞（三）湘‖接，（荆）门（九）派‖通。

（王维《汉江临泛》）

（慈）竹（春）阴‖覆，（香）炉（晓）势‖分。

（杜甫《假山》）

（三）长单句

还有一种特殊情况，就是两个句子连起来才是完整的一句话。这种句式极其舒缓，能调整节奏，一般用在颈联或尾联。

1. 第一句是名词性偏正词组作主语，第二句是谓语

（千万）（人间）事‖，［从兹］［不复］言。

（元稹《归田》）

（缥缈）（巫山）女‖,归〈来〉（七八）年〉。

（白居易《夜闻筝中弹潇湘送神曲感旧》）

2. 第一句是主语，第二句是谓语和其他成分

（苍苍）（古）木中‖,〈多〉是（隋家）苑。

（刘长卿《茱萸湾北答崔载华问》）

[凄凉]（蜀）（故）妓‖,（来）舞[魏宫前]。

（刘禹锡《蜀先主庙》）

三、复杂单句

使用复杂单句，就能在一句中糅合更多意象，铺彩摛金，眩人眼目。由于复杂单句意象密集，所以多被用在颔联、颈联，使全诗形成"鱼形"结构。但不宜用在首联，否则会显得头重脚轻；也不宜用在尾联，否则会显得尾大不掉。

（一）主谓谓语句

主谓短语作谓语，就是主谓谓语句。这种句式能在一句中容纳两个意象。通常一个偏静态、一个偏动态，形成对比。

（今）朝‖云细薄，（昨）夜‖月清圆。

（杜甫《舟中》）

（二）双宾语句

动词后带两个宾语，就叫双宾语句。其中，离动词近的叫近

宾语，离动词远的叫远宾语。两个宾语，通常一个指人、一个指事。下列例诗中，第二组、第三组省略了主语。

1. 存在主语

　　君‖问（渔）人①意②，沧浪自有歌。
　　　　　　（刘长卿《长沙早春雪后临湘水，呈同游诸子》）

2. 省略主语

　　‖[欲]问（吾）师①法②，衰年力不任。
　　　　　　　　　　　　　　　　（张毅夫《东林寺》）
　　‖[欲]买（词）人①赋②，‖[空]传（狎）客①诗②。
　　　　　　　　　　　　　　　（钱惟演《宣曲二十二韵》）

（三）连谓句

　　一个主语带两个谓语，就是连谓句。在五言近体诗中，一般是"一——一三"结构。突出主语这个意象，强调其状态或动作，内容密集。

1. 主谓谓结构

主语后只有两个谓语，通常其中一个是联绵词。

　　（汀）烟‖轻①冉冉②，（竹）日‖静①晖晖②。
　　　　　　　　　　　　　　　　　　（杜甫《寒食》）

例诗完整的表述是："汀上的烟轻而冉冉,竹里的日静又晖晖。"

2. 主谓谓宾结构

第二个谓语后可以加宾语,接下来,谓语前可以有状语、宾语前可以有定语。

雪‖暗①凋②(旗)画,风‖多①杂②(鼓)声。
(杨炯《从军行》)

树‖密①当②(山)径,江‖深①隔②(寺)门。
(杜甫《望兜率寺》)

骥‖病①思②(偏)秣,鹰‖愁①怕②(苦)笼。
(杜甫《敬简王明府〈甫尝为唐兴县宰王潜作客馆记疑即王明府〉》)

剑‖寒①[空]有②气,松‖老①[欲]无②心。
(刘长卿《酬张夏》)

3. 主谓宾谓结构

第一个谓语后有宾语,第二个谓语则是独立的动词或形容词。

(细)葛‖含①风软②,(香)罗‖叠①雪轻②。
(杜甫《端午日》)

(荞)花‖着①雨[相争]秀②,
(枣)颊‖迎①阳[一半]丹②。
(孔平仲《西行》)

第三部分 创作篇 | 223

例诗完整的表述是："荞麦的花朵沾了雨水，争相秀美，枣子的脸颊迎着太阳，一半红彤彤的。"

4. 主谓状谓结构

第二个谓语前可以加状语。

江湖‖深①［更］白②，松竹‖远①［微］青②。

（杜甫《泊松滋江亭》）

（菱）蔓‖弱①［难］定②，（杨）花‖轻①［易］飞②。

（王维《归辋川作》）

（四）兼语句

兼语句就是某个词汇既是前面成分的宾语，又是后面成分的主语，兼而起到两个语法作用。下列例诗中，加方框的字是兼语。诗句中的兼语句一般有两个主语、两个谓语相杂而成，意象多、动态多、内容密。

1. 主谓宾 + 主谓宾

在五言绝句中，要想实现两个部分均包含完整的主谓宾成分，通常就得牺牲主语。

［醉］看风落帽。

（李白《九日龙山饮》）

2. 主谓宾 + 主谓

一般来讲，在近体诗中，兼语句的后半部分多省略宾语。主语可以是偏正词组或联合词组。兼语句与连谓句的区别在于，第二个谓语是不是开头主语的动作或状态？是则为连谓句，否则为兼语句。

（海）鸥‖知<u>吏</u>傲，（砂）鹤‖见<u>人</u>衰。
（刘长卿《酬张夏别后道中见寄》）

注："吏傲""人衰"又是主谓句。

（峡）云‖笼<u>树</u>小，（湖）日‖落<u>船</u>明。
（杜甫《送段功曹归州》）

注："树小""船明"又是主谓句。

文章‖憎<u>命</u>达，魑魅‖喜<u>人</u>过。
（杜甫《天末怀李白》）

注："命达""人过"又是主谓句。

诗‖听（越）<u>客</u>吟＜何苦＞，
酒‖被（吴）<u>娃</u>劝＜不休＞。
（白居易《城上夜宴》）

注："客吟"与"娃劝"又是主谓句，且各带一个补语。

四、复句

诗句不只是单句、复杂单句，还可能是复句，也就是一句诗是由两句话，有的时候甚至是三句话组成。如此，这诗句的密度就会十分大，撑得住场面。复句形式通常用在第二联或第三联。

（一）复句的前后结构

1. 主谓句 + 主谓句

在五言诗中，就会呈现"二—三"结构，只有一个字的活动空间，一般用作定语或宾语。在七言诗中，活动余地就大多了，可以添加更多修饰成分；复句的使用也会使诗歌更加起伏有致。

> 红入｜(桃)花嫩，青归｜(柳)叶新。
> （杜甫《奉酬李都督表丈早春作》）
> 夜久｜潮侵岸，天寒｜月近城。
> （常建《泊舟盱眙》）
> 云收(喜)气｜(星)楼晓，香拂(轻)尘｜(玉)殿空。
> （刘威《七夕》）

2. 非主谓句 + 主谓句

由于诗歌用最少字表达更多意象的追求，诗人往往需要裁掉冗余成分，使诗句变成碎片化的意象。这时候非主谓句就派上用场了。下例中，"绿林""赤壁""春日""仙家"，都可以看作名词性非主谓句，表示人或事物的呈现。

> (绿)林｜(行)客少，(赤)壁｜(住)人稀。
> （刘长卿《和州送人归复郢》）
> (春)日｜莺啼[修竹里]，(仙)家｜犬吠[白云间]。
> （杜甫《滕王亭子》）

如果把非主谓句扩展成完整句式，那么一句诗就可能转换成骈赋的"四六句"。以第二例来说，添加句子成分后："时逢春日，莺啼修竹之下；是处仙家，犬吠白云之间。"当然，也可"翻译"作："绿林之中行客少，赤壁之下住人稀。"如此便是主谓短语作谓语。

3. 主谓句 + 成分残缺

同样是复句，还可以由一个完整单句加一个成分残缺的单句组成。

日长｜[唯]鸟雀，春远｜[独]柴荆。
（杜甫《春远》）

蚁浮｜[仍]（腊）味，鸥泛｜[已]（春）声。
（杜甫《正月三日归溪上有作，简院内诸公》）

4. 成分残缺 + 主谓句

前一句有时候会缺主语，就给后一句留出来斟酌的空间。

[不]爨｜井[晨]冻，无衣｜床[夜]寒。
（杜甫《空囊》）

完整诗句应该是："我们（杜甫一家人）不开火，水井在早晨冰冻；我们缺少（御寒的）衣服，床板在半夜越发寒凉。"上下联均由两句话组成，各自的第一句话均省略了主语。

5. 成分残缺 + 成分残缺

有的时候诗人更加省力气，干脆前后句均残缺，直接把动态和意象碎片呈现给读者。

卷帘｜[唯]（白）水，隐几亦青山。
（杜甫《闷》）

上联省略了主语"我"。下联却可以理解成"的"字短语作主语——"靠着案几的，也包括青山"。本联证明了，古人无现代语法知识，有的时候语法结构不对，但每个字都对上了，也算对仗。

[共]喜（流）觞｜修（故）事，
[自]怜（双）鬓｜惜（年）华。
（欧阳修《三日赴宴口占》）

完整的诗句是："大家都喜欢流觞，一起还原往日的盛事；我独怜惜双鬓，更加珍惜岁月的最好时光。"

（二）复句的相互关系

复句可分为两大类，联合关系和偏正关系。

1. 联合关系

先只谈两联中的一联，当它本身就是复句时，多为联合关系的复句。两层意思之间，或并列，或顺承，或递进，或选择，或解说，地位相当。

下句每联的两个层次之间，并不着重强调原因与结果，而是一种递进关系：

花浓|春寺静，竹细|野池幽。

（杜甫《上牛头寺》）

下两例的每联内部都是顺承关系：

树凉|征马去，路暝|归人愁。

（储光羲《仲夏饯魏四河北觐叔》）

雨过|泉声鸣岭背，日长|花气扑人衣。

（王庭珪《春日山行》）

2. 偏正关系

同样只谈两联中的一联，它内在的层次关系还可能是偏正关系，包括转折、因果、假设、条件、目的、连锁等，两个层次有主次之分。古人用得较多的是转折关系、因果关系，今人可以尝试把其他关系复句引入诗的创作中，能起到豁人耳目的效果。

下例中，第一联是转折关系复句：

水流|心不竞，云在|意俱迟。

（杜甫《江亭》）

下例两联均是因果关系复句：

乐极|伤头白，更长|爱烛红。

（杜甫《酬孟云卿》）

下例两联均是转折关系复句：

野棠自发│空临水，江燕初归│不见人。

（李嘉祐《自苏台至望亭驿人家尽空春物增思怅然有作因寄从弟纾》）

3. 两联的关系

如果以一联为单位来判断，古诗就会呈现更加丰富的层次结构。一般来说，近体诗的中间两联多为联合复句，有时还会成为多重复句；首联和尾联因为错综变化的需要，会有更多形式。

以下两联之间为联合关系：

山虚 ‖ 风落石│，楼静 ‖ 月侵门。

（杜甫《西阁夜》）

感时 ‖ 花溅泪，恨别 ‖ 鸟惊心。

（杜甫《春望》）

暂止飞乌 ‖ 将数子，│频来语燕 ‖ 定新巢。

（杜甫《堂成》）

以下两联之间为偏正关系。第一组是因果关系，第二组是转折关系：

何因不归去，│淮上有秋山。

（韦应物《淮上喜会梁州故人》）

幸有香茶留稚子，│不堪秋草送王孙。

（李嘉祐《秋晓招隐寺东峰茶宴，送内弟阎伯均归江州》）

4. 三个以上单句

有没有可能，近体诗的一句话就能拆分出三个单句？完全可能。杜甫就很擅长。尤其是《登高》，有几句均由六个单句组成，意象密集，如排山倒海，让人叹为观止。

跨马 ‖ 出郊 ‖ 时极目，│不堪人事日萧条。

（杜甫《野望》）

风急 ‖ 天高 ‖ 猿啸哀，│渚清 ‖ 沙白 ‖ 鸟飞回。

（杜甫《登高》）

第四节　修辞

修辞是为增强表达效果而对语言进行选择加工的一种活动，包括词语的锤炼、句式的使用和修辞格等。本章主要就修辞格，兼顾艺术手法进行分析。

所谓诗词创作，最重要的目的是把画面、情感和思想有力地、不庸俗地传达给读者，而修辞就能起到催化剂、加速器、发动机的作用。

一、常见的修辞格

（一）比喻

比喻就是平常所说的"打比方"，是用具有相似点的另一事物描绘目标事物的修辞格。常见的比喻形式有明喻、暗喻、借喻等。古人名篇，很多都是由瑰丽奇特的想象造就，其重要方法之一就是比喻，它又可细分为明喻、暗喻、借喻等。

1. 明喻

> 日照虹霓似，天清风雨闻。
>
> （张九龄《湖口望庐山瀑布水》）

作者把瀑布比为虹霓，盖呈七彩色，有"日照"之功也。

> 火山五月行人少，看君马去疾如鸟。
>
> （岑参《武威送刘判官赴碛西行军》）

把快马比喻为飞鸟，是因为在辽远的空间里，一匹骏马如同飞鸟一样擦着天际逝去。

> 回乐烽前沙似雪，受降城下月如霜。
>
> （李益《夜上受降城闻笛》）

漫天白沙在寒冷的月色下给人以白雪的感觉；月色如霜也是明喻。

2. 暗喻

> 窗间山水皆诗料，我是人间富贵人。
>
> （［日］释尧恕《绝句》）

把山水比作诗歌材料，用"皆"字，是典型的暗喻。

吊影分为千里雁,辞根散作九秋蓬。

(白居易《自河南经乱,关内阻饥,兄弟离散各在一处,因望月有感聊书所怀,寄上浮梁大兄、于潜七兄、乌江十五兄,兼示符离及下邽弟妹》)

这两句诗的本体虽未出现,但属于省略主语,故归为暗喻。

3. 借喻

碧玉妆成一树高,万条垂下绿丝绦。

(贺知章《咏柳》)

"碧玉""绿丝绦"都比喻春天翠绿的柳枝。

月下飞天镜,云生结海楼。

(李白《渡荆门送别》)

"天镜"比喻月亮,"海楼"比喻乌云。上下联各自由复句组成,都是主谓句加存现句,而存现句中,喻体直接应用,故为借喻。

疑是水仙梳洗处,一螺青黛镜中心。

(雍陶《题君山》)

青螺是君山,镜面是洞庭湖。此意与刘禹锡"遥望洞庭山翠小,白银盘里一青螺"思路一致。(注:通常选本为"山水翠",

水翠何以为银盘？山翠小方可喻青螺。）

> 织锦虽云用旧机，抽梭起样更新奇。
>
> （方干《赠进士章碣》）

章碣创造了一种律诗写法，句句押韵，平仄依律。诗人方干赞许他说，这就像用旧机器织新样式。两句合在一起比喻章碣的创新行为。

（二）拟人

使植物、动物，乃至城郭、器物，均带上人的感情色彩，便深得韵致。

> 秋风不相待，先至洛阳城。
>
> （张说《蜀道后期》）

秋风如人，归心切切。

> 蜡烛有心还惜别，替人垂泪到天明。
>
> （杜牧《赠别》）

把蜡烛拟人化，烛泪则是惜别。

> 岭头便是分头处，惜别潺湲一夜声。
>
> （温庭筠《过分水岭》）

溪水如人，一路送别，到分别处，一夜话别。

（三）夸张

夸张是为了更突出、鲜明地表达思想感情而有意言过其实的修辞格，往往以真实性为基础，又明显地违背客观事实。常见的形式有扩大夸张、缩小夸张、超前夸张。

1. 扩大夸张

> 飞流直下三千尺，疑是银河落九天。
>
> （李白《望庐山瀑布》）

庐山的香炉峰瀑布宽五米、落差约一百五十米。李白说"三千尺""落九天"显然是夸张。但作为反面例子，"千里江陵一日还"却不是夸张。因为郦道元《水经注》："有时朝发白帝，暮到江陵，其间千二百里，虽乘奔御风，不以疾也。"

> 燕山雪花大如席，片片吹落轩辕台。
>
> （李白《北风行》）

雪花虽大，不能如席。夸张手法乃使人如入塞外寒天。

> 三万里河东入海，五千仞岳上摩天。
>
> （陆游《秋夜将晓出篱门迎凉有感》）

纵横两笔，撑起天高地迥，诗人胸襟可见一斑。

2. 缩小夸张

海内存知己,天涯若比邻。

(王勃《送杜少府之任蜀州》)

这是缩小夸张,相隔天涯却如同紧挨着的邻居。

遥望齐州九点烟,一泓海水杯中泻。

(李贺《梦天》)

此虚拟天空下望之景,九州如广铺,一海如浮沤。

(四)借代

借代是不知说某人或某事物的名称,借用密切相关的事物的名称去替代它。常见的借代形式有特征代本体、部分代整体、具体代抽象、专有名词借代等。

牙璋辞凤阙,铁骑绕龙城。

(杨炯《从军行》)

牙璋是兵符的一种,指代将军,属于特征代本体;凤阙是汉代宫阙名,指代皇宫,属于部分代整体;铁骑指代军队,属于特征代本体;龙城又叫龙庭,指代匈奴大本营,属于具体代抽象。

西陆蝉声唱,南冠客思侵。

(骆宾王《在狱咏蝉》)

《隋书·天文志》:"(日)行西陆谓之秋。"西陆指代秋天，属于专有名词借代；《左传·成公九年》:"南冠而系者谁也？"南冠指代囚徒，属于具体代抽象。

但使龙城飞将在，不教胡马度阴山。

（王昌龄《出塞》）

龙城为汉时匈奴祭天处，指代边关，属于具体代抽象；飞将指李广，进而指代边塞名将，属于专有名词借代兼部分代整体；胡马指北方少数民族，属于具体代抽象；阴山即阴山山脉，即边境，属于具体代抽象。

不恨归来迟，莫向临邛去！

（孟郊《古别离》）

"临邛"是古代四川商业重镇，有司马相如携卓文君私奔之故事，所以多以"临邛"指代花花世界，同类的词汇还有"章台"等。

二、妙用文字的修辞格

（一）反复

反复就是有意地重复使用同一词语以强调某个意思或抒发某种感情，可分为连续反复或间隔反复两种。

独在异乡为异客，每逢佳节倍思亲。

（王维《九月九日忆山东兄弟》）

这个"异"字的使用,是反复手法,此外还用了"仿词"(本书未单列),亦即作者用"异乡"造了个"异客"。

> 迢迢牵牛星,皎皎河汉女。
> 纤纤擢素手,札札弄机杼。
> ……
> 盈盈一水间,脉脉不得语。
>
> （无名氏《迢迢牵牛星》）

一诗之中,接连使用六组叠音词,造成低徊吟咏的效果。

（二）反语

反语就是用与本意相反的词语和句子表达本意的修辞格,俗称"说反话"。它有嘲讽性和喜爱性两类。

> 不才明主弃,多病故人疏。
>
> （孟浩然《岁暮归南山》）

"不才"实是自矜,明主故是不明;"多病"只是借口,"故人"却相疏远。

> 无限旱苗枯欲尽,悠悠闲处作奇峰。
>
> （来鹄《云》）

此诗以"云"为题,讥讽当权者高高在上、不关心人间疾苦。实为晚唐离乱年代写照也。

（三）顶真

顶真是用前一句结尾的词语作下一句的起头，使相邻的句子头尾蝉联，又叫作联珠。

> 世人结交须黄金，黄金不多交不深。
>
> （张谓《题长安壁主人》）

上句以"黄金"结尾，下句以之开头，是为顶真。

> 独上江楼思渺然，月光如水水如天。
>
> （赵嘏《江楼感旧》）

下联是复句，两句之间使用了顶真手法。

三、传达特殊感受的修辞手段

（一）婉曲

婉曲是有意不直接说明，而借助另外的说法婉转曲折地把意思表达出来的修辞格。它有婉言、曲语两种。

> 停船暂借问，或恐是同乡。
>
> （崔颢《长干曲》）

女子遇到意中人，不好直接索要微信，用这种方式来打招呼，或能成就一段姻缘呢。

何时一尊酒,重与细论文。

(杜甫《春日忆李白》)

李白比杜甫大十一岁,杜甫仰慕李白,多次作诗提到李白;反之,李白似乎没怎么提到杜甫。偶然一次《戏赠杜甫》:"借问别来太瘦生,总为从前作诗苦。"这是在逗趣说杜甫作诗过于费琢磨。杜甫则用"细"字来委婉致意,李白的诗或许失之疏放,需要再琢磨细节。

未谙姑食性,先遣小姑尝。

(王建《新嫁娘词》)

用新妇揣摩婆婆喜好的心态和行为来映衬新赴任的官员。

妆罢低声问夫婿,画眉深浅入时无?

(朱庆馀《闺意献张水部》)

以新嫁娘化妆适宜否为喻,问知交的领导,自己的作品是否符合主考官的审美。

(二)双关

双关是利用语音或语义的联系,有意使文句同时顾及表里两层意思,言此而指彼的修辞格。它有谐音双关和语义双关两类。

纵使晴明无雨色,入云深处亦沾衣。

(张旭《山中留客》)

此以出世之心劝喻入仕之人，山中晴明亦沾雾气，官场岂不亦然。所以陆游曾说，"素衣莫起风尘叹"。

亦知合被才名折，二十三年折太多。
（白居易《醉赠刘二十八使君》）

《说文》："折，败也。"段注："败者，毁也。"《康熙字典》："又曲也。"上句说刘禹锡才气名声太高，易遭损毁（连累）；下句叹息，只是二十多年来，曲折（波折）太多。前"折"为动词，用本义；后"折"为名词，用引申义。

东边日出西边雨，道是无晴却有晴。
（刘禹锡《竹枝词》）

"晴"本指天气晴朗，此处用谐音，双关感情。

清风不识字，何必乱翻书。
（徐骏《清风涛》）

徐骏是清朝的一位文官，他写的这首诗用清风的"清"，双关指代清朝的"清"，以"清风不识字"讥讽清朝当权者没有文化底蕴。

（三）移就

移就是把属于人的感情和感受通过修饰语转移到事物上去的一种修辞格。移就与拟人不同，拟人是把物当成人来描写，主要为了描写其动作行为；移就是把人的感情以修饰语的方式来描写物。

明日重寻石头路，醉鞍谁与共联翩。

（陆游《过采石有感》）

醉的是人，指鞍为醉，实为移就。

无言独上西楼，月如钩。
寂寞梧桐深院锁清秋。

（李煜《相见欢》）

寂寞的是人，言深院寂寞，是把人的感受移给了物。

（四）通感

通感是用一种感官感觉的词语去描写另一种感官感觉的修辞格，又叫作移觉。用得好的话，会让人耳目一新。

思君如满月，夜夜减清辉。

（张九龄《赋得自君之出矣》）

把思想比作月亮，视觉化，进而推导出从满溢到残损的心理感受。

风暖鸟声碎，日高花影重。

（杜荀鹤《春宫怨》）

"碎"是视觉上的，被移用在听觉，描绘出鸟声凌乱稀疏的情形。

> 今夜偏知春气暖，虫声新透绿窗纱。
>
> （刘方平《月夜》）

透过窗纱的是暖意，这是皮肤的感觉。虫声则是听觉所得，典型的通感手法。

> 今夜月明人尽望，不知秋思落谁家？
>
> （王建《十五夜望月寄杜郎中》）

秋思本无形之物，此诗却将之实质化。

> 鹤盘远势投孤屿，蝉曳残声过别枝。
>
> （方干《旅次洋州寓居郝氏林亭》）

"势""声"本无实质，此处将仙鹤盘旋的轨迹、寒蝉飞掠的路线实质化，如绦如线。

四、西式艺术手法

（一）意识流

意识流是美国机能主义心理学先驱詹姆斯提出的概念，用来表示意识的流动特性："个体的经验意识是一个统一的整体，但是意识的内容是不断变化的，从来不会静止不动。"常见的手法有内心独白、内心分析、自由联想、蒙太奇（单列）等。

> 氓之蚩蚩，抱布贸丝。匪来贸丝，来即我谋。送子涉

淇，至于顿丘。匪我愆期，子无良媒。将子无怒，秋以为期。乘彼垝垣，以望复关。不见复关，泣涕涟涟。既见复关，载笑载言。尔卜尔筮，体无咎言。以尔车来，以我贿迁。桑之未落，其叶沃若。于嗟鸠兮，无食桑葚！于嗟女兮，无与士耽！士之耽兮，犹可说也。女之耽兮，不可说也。桑之落矣，其黄而陨。自我徂尔，三岁食贫。淇水汤汤，渐车帷裳。女也不爽，士贰其行。士也罔极，二三其德。三岁为妇，靡室劳矣。夙兴夜寐，靡有朝矣。言既遂矣，至于暴矣。兄弟不知，咥其笑矣。静言思之，躬自悼矣。及尔偕老，老使我怨。淇则有岸，隰则有泮。总角之宴，言笑晏晏。信誓旦旦，不思其反。反是不思，亦已焉哉！

（《诗经·氓》）

这是一首弃妇诗，通篇自言自语，回顾了自己丈夫求婚、迎娶，自己劳作、受冷落，感情破裂的整个过程，是典型的意识流创作手法。

众中不敢分明语，暗掷金钱卜远人。

（于鹄《江南曲》）

这是江南民间庙会时的一幕。一个少妇思念远人，希望通过占卜来获得信息，却又不敢当着同伴的面去做，小声地跟算卦人交流、悄悄地撒铜钱占卜。"不敢""暗"把少妇的心理活动十分传神地揭示出来。

（二）蒙太奇

蒙太奇是电影中用来表现事物多重性的一系列手法，如多视角、慢镜头、特写镜头、闪回等。蒙太奇是意识流小说家为了突破时空的限制，表现意识流动的多变性、复杂性，经常采用这类手法。我国古代诗文使用极少，但一旦使用，就是上乘佳作。

　　孤帆远影碧空尽，唯见长江天际流。

（李白《黄鹤楼送孟浩然之广陵》）

第三、四句共由四个"分镜头"组成：孤帆启动、渐行渐远、消失在碧空、只剩江水滚滚流动。这是典型的蒙太奇手法。

　　君问归期未有期，巴山夜雨涨秋池。
　　何当共剪西窗烛，却话巴山夜雨时。

（李商隐《夜雨寄北》）

先绘目前之景，又将目前之景置入未来欢聚后的描述里。突破时空，表现意识流动。

（三）象征

象征起源于希腊文，原意是指一块木板（或一种陶器）分成两半，主客双方各执其一，再次见面时拼成一块，以示友爱。几经演变，凡能表达某种观念及事物的符号或物品就叫作"象征"。法国诗人夏尔·波德莱尔和美国诗人爱伦·坡是象征主义的先驱。中国现代象征诗派注重自我心灵的艺术表现，强调诗的意向，暗示性功能和神秘性，追求"观念联络的奇特"。主要表现为以下几点：运用象征性的形象和意象表现微妙复杂的内心世界；运用新奇的想象和比喻表现微妙的情境；依靠艺术形象的暗示表达感觉和情调；追求诗歌语言的省略和跳跃。

在传统诗词创作领域，其实一直都在不自觉地使用"象征"这种艺术手法。"兴"本身就是一种象征手法；月、水、梅、菊等各种意象的使用也是一种象征；而情景交融的任何景色描写，都可视为象征手法的使用。

> 别来沧海事，语罢暮天钟。
>
> （李益《喜见外弟又言别》）

"暮天钟"是一种颇具象征意义的意象，气势沉郁、苍茫辽远。

> 惊风乱飐芙蓉水，密雨斜侵薜荔墙。
>
> （柳宗元《登柳州城楼寄漳汀封连四州》）

"芙蓉"出自《离骚》，象征高洁的人格；"薜荔"也出自《离骚》，象征美好的事物。《离骚》是爱国诗人屈原的代表作，暗示了作者自身比拟先贤的情操。整联营造了风雨飘摇的动荡世界，象征了永贞革新失败后作者的心境。

> 千门万户曈曈日，总把新桃换旧符。
>
> （王安石《元日》）

这里表面上写的是春节景象，实际上表达的是改革变法所带来的全新的社会气象。如果作者直接说"改革好，改革妙，改革让社会模样大变了！"就变顺口溜了，诗味全无。

> 而今直上银河去，同到牵牛织女家。
>
> （刘禹锡《浪淘沙》）

刘禹锡在地方上辗转做官二十年，然后调回中央，于是他写下这首词。这里使用了"乘槎直上"的典故，把到中央任职比作直上银河，象征着他与白居易二人骤得升迁。如果刘禹锡直截了当地说"我胡汉三又回来啦！"就过于浅白露骨。

第七章 创作实践

本章联系具体作品,分析其思想内容、艺术手法,留出创作题目和技法要求,从对联开始,渐次掌握五律、七律、七绝、五绝、古风等诗体的创作,再学习小令、中调、长调等不同篇幅、不同声韵的词牌创作。

第一节 对联创作

对联是诗词的基本功,应该前置。古代私塾向来从练习属对开始,本书的创作实践也不例外。

一、喜庆哀挽联

春联是应用最广泛的对联形式之一,贺联、挽联也常见。它们也属于交际性的对联,要与其他人发生联系,创作时要注意避忌。

(一)春联

1. 范例

新年纳余庆
嘉节号长春

(孟昶)

评析：

春联是应用最广泛的对联形式之一。每年都要过春节，但从超市买现成的印刷对子，是不是有些凑合？如果能结合自己一年的经历、收获、感受，以及对未来的畅想，创作一副只属于自己的春联，然后请书法家，甚至自己亲自书写出来，是不是很有成就感？

这是有史可考的较早的春联，上下联各五个字。在第一部分第五章介绍过它的由来，现在只从创作的角度对它进行进一步的分析。

这副对联的优点是：

（1）对仗工整。"新年"对"嘉节"，都是偏正关系名词性词组，"新"和"嘉"都是形容词，"年"和"节"都是名词，都属于时令门；"纳"和"号"都是动词；"余庆"和"长春"又是两个偏正关系词组。

（2）巧妙用典。"余庆"出自《易经》："积善之家，必有余庆。"表达了春节祈福的美好愿望。

这副对联的不足之处是：

（1）合掌。"新年"和"嘉节"含义相近，是大忌。

（2）没横批。可能当时并无横批的说法吧。随着时间发展，现在的春联，是必须有横批的，一般以四字居多，与上下联的含义呼应。

（3）不贴切。无论什么文学创作，都需要贴切，我个人以为，最理想的是——除却此时此地此人，此语就不适当。这副对联只是泛泛地庆祝节日，没有扣上使用者的身份、使用地点，以及当年的重大事件或使用者当时的心情。

2. 命题

请为接下来的春节创作一副对联，贴在自家门口，要求如下：

（1）五字或七字，加横批。

（2）对仗工整，用词典雅，含义吉祥。

（3）使用一个以上典故，比如"桃符"。

（4）内容要反映出时令、地点、事件、心情之一，如全都容纳最佳。

（二）贺联

1. 范例

博爱从吾志

宜春有此家

（孙中山《贺谢逸桥爱春楼建成》）

评析：

贺联的范围比较广，比如贺寿、贺新婚、贺乔迁、贺升职、贺生子等。这里选了孙中山贺楼宇落成的对联。

孙中山是我国近代著名民主革命家，他去看望同盟会员谢逸桥，为其新建的"爱春楼"题联。

这副对联特点如下：

（1）镶字。上下联第二个字连起来是"爱春"，即楼名。镶字联还常用于贺新婚，镶男女双方的姓氏或名字，一般多镶首字。

（2）对仗工整。"博爱"和"宜春"都是动宾词组，"从""有"都是动词，"吾""此"都是代词，"志""家"都是名词。

（3）贴切。孙中山和谢逸桥都是同盟会员，都有博爱天下的志向，切合二人身份。爱春楼建成，意味着在此地有了一个新家，所以下联也贴合当前事。

2. 命题

你的好友将于今年盛夏在北京新婚。男方叫"李龙"，是律师；女方叫"王凤"，是医生。请为他们创作一副贺联，要求如下：

(1) 镶姓或镶名。
(2) 任选颜色、数目、方位中的一种特殊对仗。
(3) 贴合二人身份、时令和地点。

（三）挽联

1. 范例

> 事业本寻常，胜固欣然，败亦可喜
> 文章久零落，人皆欲杀，我独怜才
>
> （杨度《挽梁启超》）

评析：

梁启超参与戊戌变法，失败后逃亡日本，宣传君主立宪制，受到革命派的抵制。但他的学术造诣很高，在新史学、目录学、图书馆学、文学、佛学等方面均有一定成就。杨度最初拥护袁世凯、赞成封建帝制；失败后思想转变，追随孙中山；再后来成为共产党秘密党员。杨度曾创办《中国新报》，一时影响较大。

上联既是杨度对梁启超戊戌变法失败的看法，也是对自己拥袁复辟失败的自嘲；下联则是对梁启超学术成就的惺惺相惜。这副对联的特色在于：

（1）两分法评价人物。政治、学术，从这两方面分析梁启超这样的高级知识分子的人生经历，比较妥帖。

（2）用典。上联"胜固欣然，败亦可喜"，典出苏轼《观棋》："胜固欣然，败亦可喜。优哉游哉，聊复尔耳。"下联"人皆欲杀，我独怜才"，典出杜甫《不见》："世人皆欲杀，吾意独怜才。"

（3）句中自对。上联"胜固欣然，败亦可喜"，下联"人皆欲杀，我独怜才"，各自于句中自行形成一个对内对。在这种情况下，对句再对，就不必完全一致。

2. 命题

请任选一个历史人物，为他虚拟创作一副挽联，要求如下：

（1）从政治、学术、创作、品格中选两个方面评价对方。

（2）上下联各用一个与对象身世有关的典故。

（3）使用"句中自对"的对仗方法。

二、风景名胜联

风景名胜联还可再分为三大类，一是人文景点，二是自然景观，三是宗教场所。一般都需要结合人文、历史、地理写。

（一）人文景点

1. 范例

　　气备四时，与天地日月鬼神合其德
　　教垂万世，继尧舜禹汤文武作之师
　　　　　　　（爱新觉罗·弘历　国子监大成殿　联）

评析：

清朝的国子监位于今日北京市东城区国子监街上，与孔庙相邻，是清朝最高学府和教学管理机构。这副对联由当时的皇帝弘历亲自撰写而成，特点如下：

（1）用典。上联用《世说新语》《易经》典故，称赞孔子道德崇高。下联用韩愈《原道》典故，指出儒家学说的历史传承，称赞孔子是万世师表。

（2）连续六字句内自对。上联"天地日月鬼神"由六个并列关系的名词组成，下联"尧舜禹汤文武"则是指六位古代明君。这种布局气势雄浑、一气呵成。

2. 命题

请选诸子百家中的任意一家，假设该流派有自己的"总部"，为其创作一副对联，要求如下：

（1）用典。

（2）使用三至六字的句内自对手法。

（二）自然景点

1. 范例

　　白水如棉，不用弹弓花自散
　　红霞似锦，何须梭织天生成

（黄果树瀑布观瀑亭）

评析：

黄果树瀑布位于贵州一个苗族自治县的白水河上，当地属于喀斯特地貌，熔岩受到侵蚀形成瀑布。明代旅行家徐霞客发现并推介它，使它名传天下。此联特色有：

（1）比喻。上联把瀑布比为棉花，下联把云霞比作锦缎。

（2）联想。上联由棉花而生联想，说瀑布坠落的风势，根本不需要弹棉花的机器，自己摔碎成花。下联由锦缎而生联想，说云蒸霞蔚的美景，根本不是飞梭织成，而是自然天成。

（3）合掌。"如""似"的意思完全一致。"不用""何须"的意思相近。这是对联的大忌，应注意规避。

（4）不透彻。创作风景联，务必要把该风景区的历史、人文、地理研究透彻，才能写出切情切景的优秀作品。黄果树瀑布的苗族属性、徐霞客推荐之功、贵州山区及白水河畔的地理特点，都没有在本联中得到展现。

2. 命题

请任选一个公园，为它撰写一副对联，要求如下：

(1) 切情切景，适宜当时、当地使用。

(2) 使用比喻手法。

(3) 进一步联想。

(4) 规避合掌。

(5) 联系当地人文、历史、地理情况。

（三）宗教场所

1. 范例

　　　云笼夜月原无碍
　　　鸟宿秋林亦放参

　　　　　　　　　　（李基和　正定隆兴寺雨花堂　联）

评析：

诸名山大川多寺庙道观，各殿楹联林林总总，不离两个主题——"自然风光"和"哲学思想"。

所选对联是河北省正定县隆兴寺的对联。隆兴寺又名大佛寺，始建于隋朝，拥有我国北方三大戒坛之一。

对联特点为：

（1）佛教术语。上联"无碍"出自《心经》："依般若波罗蜜多故。心无挂碍。无挂碍故。无有恐怖。远离颠倒梦想。究竟涅槃。"下联"放参"指"参话头"，是禅宗启发智慧的方式之一。

（2）意境清幽。体现在"云笼夜月""鸟宿秋林"两个短语上。隆兴寺位于正定古城东南角，现在当然已经比较繁华，古代可能放眼望去都是林野。所以二者算是切景，只是仍不具特色。

（3）将景物与佛教思想相联系。云遮月，是夜色所见，继而以此作比，形容人的自性如月亮一样，任云去云来，本无挂碍。倦鸟归林，是入夜常态。但作者由此联想到，鸟儿静悄悄的，想必受佛法熏陶，也在"参话头"吧？

2. 命题

请为你家乡附近某个你熟悉的寺庙、道观等场所题写一副对联，要求如下：

(1) 思想内容要与该场所的宗教流派主旨相一致。

(2) 要在写景基础上联系哲学思考。

(3) 要使用相关术语。

三、题赠联

题赠联,有自题,有赠人。赠人,多称人之善,偶含讽喻。有赠别自题,一般题在书房或园林,一般从自身角度明志气、表态度。

(一)赠人

1. 范例

三绝诗书画
一官归去来

(李啸村赠郑燮)

评析:郑燮就是郑板桥,曾担任范县、潍县县令,他的诗、书、画号称三绝,后因赈灾得罪上级,遂辞官,客居扬州,以卖画为生。这个对联是他的好友李啸村写的。

这副对联的特点是:
(1)贴合人物。此联概括了郑燮的履历和特点。
(2)用典。"归去来"典出陶渊明《归去来辞》,辞官归乡的意思。

2. 命题

教师节就要到了,家长们打算赠送班主任和任课老师一面锦旗,上面需要写几个字,请以对联的形式表现出来,要求如下:
(1)上下联各四个字。
(2)内容要颂扬老师的奉献精神,赞扬老师的教学能力。
(3)使用一个以上典故。

（二）自题

1. 范例

不作公卿，非无福命都缘懒
难成仙佛，为爱文章又恋花

（袁枚自题）

评析：

袁枚是我国古代第一位"职业诗人"。他进士出身，曾任翰林院庶吉士，这相当于今天的"中管干部""储备人才"。但他33岁时就从县令任上辞官，购置了随园，开始享受拥有诗书、旅游、美食的生活。他还擅长经商、园林设计、品茶，广招女弟子，著有《随园诗话》《随园食单》《续诗品》等。这首自题，是他辞官后的作品，可以说是他心路历程的总结。

此联特点有：

（1）多重复句错综对。上联用现代汉语串一下，即："我不作公卿，并非我没有福命，而都是因为我懒。"这是多重复句，因果关系复句内含转折关系复句。下联即："我难成仙佛，是因为我既爱文章，又留恋花。"这是因果关系复句内含递进关系复句。

（2）自对兼相对。"公卿""仙佛"都是并列关系词组，都属于人伦门，句内自对，对句又对，便极其工整。同理，"福命"（福气和命运）与"文章"也是如此。

（3）借义对。"花"在这里是名词，"花朵"的意思，猛地看，与上联"懒"对得很不工整。其实，"花"另有形容词的用法，比如"眼花落井水底眠（杜甫）""花言巧语"等，可以与"懒"形成借义对。

2. 命题

请为自己题写一副对联,用于客厅装饰,要求如下:

(1) 结合自己志趣、理想、工作、家庭等情况去写。

(2) 采用四七句式。

(3) 使用多重复句。

(4) 使用自对兼相对的对仗手法。

(5) 使用借义对。

第二节　诗的创作

学作近体诗,从五律着手为宜。七律能够拔高水平,七绝可用以日常消遣和社会交际,五绝则短小精悍,宜描绘生活片段或表达瞬间思绪。个人建议次第学习,层层深入。

一、五言律诗

相对而言,五言比较高古,每句字数较少,不容易犯初学七律那样的堆砌辞藻的错误,反而容易掌握古诗组织字词的感觉。并且五律需要推敲对仗,这有助于锻炼基本功。我个人以为,初学者宜从五言律诗入门。

(一) 抒情类

1. 范例

> 细草微风岸,危樯独夜舟。
> 星垂平野阔,月涌大江流。
> 名岂文章著,官应老病休。

飘飘何所似,天地一沙鸥。

(杜甫《旅夜书怀》)

评析:

这是一首抒情小诗,表达某个时刻的独特心理感受。杜甫曾在四川成都居住近五年,这是他离开成都时的作品,之后,他曾短暂寓居夔州,然后顺长江东下,在流离中逝世。

杜甫经历了颠沛流离,诗风已经变得沉郁顿挫、雄浑厚劲,诗名也已远播。用他自己的话说:"岂有文章惊海内,漫劳车马驻江干。"对方慕名登门,他的矜持溢于言表。但他在严武辞世前选择辞职,启动了新的漂泊生活,在山野大荒中行舟,写下这首作品。因而,其气清寒而浑厚,其意浩瀚而动荡,令人读后感慨丛生。

(1) 起承转合。首联扣住"旅夜"两字,交代环境背景。作者孤舟泊岸,准备起范儿。这好比画家落笔,先落在了焦点处。颔联把目光扫视出去,描绘整个时空背景,气势雄浑——苍穹寒星映耀下,荒野漫延;江流滚滚,月亮仿佛从喷涌倾泻的大江中升起来。颈联转而联系身世发出议论——诗名卓著,又何济于事?人已老残,壮志转微,却是无奈。既是自谦,又是自傲,更是自放,还是自怜,一生履历、百种情绪尽在其中。尾联用沙鸥比喻自己漂泊的现状,收势灵动。

(2) 首联对仗。在律诗创作汇总,虽然首联不作要求,但有诗人喜欢使用对仗形式。另外,律诗首句可入韵可不入韵,入韵时可用邻韵。这种情况下,首联对仗会增加整饬美。若是首句入韵,则别具一格。

(3) 复句。本诗颔联其实是两个承接关系复句。"星垂""平野阔""月涌""大江流"各是一句话,在十个字中容纳了大量意象，使得内容更密、更紧、更多，好像端出来一大盆什锦。

（4）设问句式。本诗尾联使用了设问句式。因为问了就需要答，所以两句联系紧密，设问就像一条拉链，把两片衣服缝合在了一起。这导致的结果，就是画面变得舒朗、节奏变得松弛，就好像一场跑步运动下来，需要慢悠悠放松一下。

（5）比喻手法。把自身比作"沙鸥"，就是比喻手法的运用。首先，作者在创作时，应该看到了沙鸥在天地间飞翔，或者至少这种环境可以有沙鸥，否则就会变得虚妄。其次，沙鸥的形态和数量，应该符合比拟的意境，飘摇不定，形单影只，否则就会变得不妥帖。

2. 命题

最近一次亲近大自然是什么时候，去了哪里？请以该目的地为题，创作一首五言律诗，要求如下：

(1) 首联对仗，首句入韵；首联要交代创作背景。
(2) 颔联要阔大境界，描绘全局景象。
(3) 颈联要联系自身抒情。
(4) 尾联使用设问和比喻手法。

（二）赠别类

1. 范例

> 见说蚕丛路，崎岖不易行。
> 山从人面起，云傍马头生。
> 芳树笼秦栈，春流绕蜀城。
> 升沉应已定，不必问君平。

（李白《送友人入蜀》）

评析：

五言律诗的体裁，通常也较多用于赠别、赠友、唱和。这里所选的就是一首李白的赠别诗。曾被前人推为"五律正宗"，在诗意的表达上可谓"山重水复疑无路，柳暗花明又一村"。

主要特点如下：

（1）双关。首联引用"蚕丛""鱼凫"典故，指明友人所去是蜀中，这条道路有什么特点呢？大家都知道李白写过一首《蜀道难》，可见古代真实蜀道十分崎岖难行，这种"崎岖"，同时也是李白对友人此去前程的忧心。

（2）写特别之景。写景是诗词得以传情达意的基本手段。但初学者往往写泛泛之景，放之四海而皆准，这就失去了打动人心的力量。李白这首诗，颔联所写之景，就应是他攀爬蜀道亲眼所见之景——在崇山峻岭间蜿蜒上下，就有机会看到山岭从某个地方长出来，仿佛随着人的移动而旋转或增高变矮；云气悬浮在半空中，随着人的转折移动，仿佛从哪里生出来一样。颈联所写之景，则是行经艰险，成都在望的景色——已经踏进四川盆地的内缘，绿树丛生笼罩着人工铺就的栈道，下望能看到碧水蜿蜒流淌在繁华的成都区域。

（3）寄望。凡赠人之作，大多要在结束时寄予美好的祝福。李白也不例外，他说："你这次行程，（虽然途中艰险，但）前途一定光明，没必要找人占卜。"所谓"升沉应已定"当然指将要升迁，而不是快要被贬。如此结尾，与开头照应，便显得圆满，没有毛茬。

2. 命题

有朋友即将升入高等学府，或考到外地担任公职，在饯行宴前，

你闭门索句,准备好好地为对方量身打造一首赠别诗。要求如下:

(1) 首联交代时间、地点、人物、事件。
(2) 颔联写全景,写独特之景。
(3) 颈联换个视角,写落地(抵达)后的所见所感。
(4) 尾联寄予祝福。
(5) 重点应用双关的修辞手法。

二、七言律诗

七言律诗,猛一看好像是把五言律诗的每句话前头加俩字,实际上可不这么简单,这有点像计算面积、体积甚至阶乘,基础数字大了一点,腾挪空间就扩展了许多,以至于初学者不太好把握,造成句式雷同、大白话、堆积辞藻等各种问题。要想在一首七律之中,腾挪变化,极尽灵巧与姿态,就要花几倍的心思去布局、去调整语序、句式等。因而,七律是十分难掌握的体裁。

(一)感时类

1. 范例

> 西山白雪三城戍,南浦清江万里桥。
> 海内风尘诸弟隔,天涯涕泪一身遥。
> 唯将迟暮供多病,未有涓埃答圣朝。
> 跨马出郊时极目,不堪人事日萧条。
>
> (杜甫《野望》)

评析:

唐代著名诗人中,王维、韦应物、元稹、白居易、李商隐等,都有许多拿得出手的七律作品,但要论七律"王中王",毫无悬念地属于杜甫。这里就选了一首杜甫在四川成都期间的代表作。这个阶段,他年龄已长,技法成熟,经历丰富,又客居异乡,写出来的七律作品个个沉甸甸的,像七彩琉璃的艺术品一样。

这首诗创作于761年,是杜甫到成都的第二年,由于受到亲友的照拂,并在严武节度使幕府任职,他享受了难得的第二段安定时光。诗中描写了他郊外散心的所见所想。

这首诗能够被诗词爱好者所借鉴的主要特点有:

(1)章法。作者首联即粗线条勾勒出全景图,西山、白雪、堡垒、南浦、清江、桥梁。颔联却在写实的基础上转向渲染和虚写,把整个历史时空都要容纳进来:"风尘"指战火,当然不是今日今时的片段,而是安史之乱爆发以来,十年来绵延不绝的战火;"涕泪"也不是一个人的涕泪,而是万里神州处处涕泪。此联在时间上撑了开来,在空间上更加俯视九州。颈联转作议论,使用虚词加重递进效果,思想表达得沉郁顿挫。尾联刻意调整语序,以无尽的怅惘伤悲抛笔。

(2)对仗。杜甫的律诗,高超的原因之一是对仗极其精良。这就好像任何艺术品的打造,但凡有一两处瑕疵,就不完美;如果瑕疵多了,就变废品了;只有"圆美流转如弹丸"的晶莹剔透的成品,才值得流传。杜甫在一首诗之中,涉及颜色对、数目对、方位对三种特殊对仗,"自对兼相对"的特殊对仗,处处精良,又处处翻出新意。

(3)句式。此诗句式错综变化,极尽能事。首联是两个复句,意思是:"白雪覆于西山,矗三城戍;清江流经南浦,横万里桥。"颔联是另一种组合的两个复句,意思是:"海内风尘频起,诸弟相隔;天涯涕泪潸然,一身独远。"颈联却还作了两个复杂单

第三部分　创作篇　| 263

句,并插入虚词缓和节奏:"唯将迟暮,供此多病;未有涓埃,答彼圣朝。"尾联刻意把两句节奏改为不对称,以便于收尾。第七句原是三句话:"我跨上马,来到郊外,反复远眺。"第八句却是一句话:"对世事越来越萧条感到怅惘。"

(4)议论。在第三联联系自己身世发出议论,是杜甫律诗的显著特点,其他唐宋诗人一般不这样。我个人觉得,颈联的议论,仿佛红酒高脚杯的脖颈,又像奔驰的骏马缰绳,还像体操比赛中最炫目的空中特技,如果没有它,整首诗都会变得水静流缓,不温不火。而中间两联均写景的话,也并无太大必要。毕竟诗歌还需要情绪张力才能震撼人心。

2.命题

登山临水,不同的人感受或各不相同,同一个人不同时候感受也不一定相同,正如范仲淹所说:"览物之情,得无异乎?"归根结底在于,人是情绪化的动物,当带着情绪的滤镜观景,万事万物都有悲喜,这正是"融情入景""情景交融"的表现。请以"野望"同题作诗,要求如下:

(1)首联描绘视野内的大环境,颔联极力扩大时空,颈联议论,尾联收束。

(2)有意识地应用数目对、颜色对、方位对,及自对兼工对的对仗技法。

(3)有意识地调整句式,使各联之间错综变化。

(二)应制类

1.范例

绛帻鸡人报晓筹,尚衣方进翠云裘。

九天阊阖开宫殿,万国衣冠拜冕旒。
日色才临仙掌动,香烟欲傍衮龙浮。
朝罢须裁五色诏,佩声归向凤池头。

(王维《和贾舍人早朝大明宫之作》)

评析:

七言律诗有个特点,就是比较严肃整齐、雍容庄重,适合歌咏盛大节日、重要事件、庄严场所、伟大人物等。可以说,它是近体诗里面"穿正装、打领带"的那一个。今日各个组织机构常有征诗活动,七律就适宜表现正能量,歌颂党和祖国,诸如此类。

这是集体唱和作品之一。倡议者是贾至,他在文学史上不太出名,但实际上是"笔杆子",他状元出身,时任中书舍人知制诰,相当于皇帝御用的秘书长,又常被尊称为"内相",可见其地位尊崇。所以,无论是文学地位还是政治地位,贾至都是当时唱和诸人的中心人物。唱和者有三位:岑参、王维、杜甫。王维此时五十七岁,刚度过人生最大劫难"凝碧池风波",已升任中书舍人,是贾至的属下,正属于阅历丰盛、历练纯熟的老骥伏枥阶段,所以作品也雍容华贵、气象万千。

为了更深入体会这首诗的高妙之处,特此逐句用我的理解阐发一下。

首句"绛帻鸡人报晓筹"。"绛帻"是红色头巾,是"鸡人"戴的象征鸡冠的帽子。"鸡人"是凌晨时专门负责报时辰的皇宫卫士,因为皇宫不允许养鸡,所以用人来干"打鸣"的事。怎么"打鸣"呢?就是一边高呼一边传递报更用的更签,传到大明宫殿上后,投签于阶石之上,发出清脆的声响。

第二句"尚衣方进翠云裘"。"尚衣"是"尚衣局",掌天子衣服冕旒之事。"方"是从侧方的意思,《仪礼》:"左右曰方。"注曰:"方,旁出也。""翠云裘"是用翠羽织成的云纹的裘衣,这里指天子所穿的艳丽的披在外边的朝服。为什么呢?因为凌晨气温还很低,从寝宫到大殿,需要多层衣服保暖,好比今人披个呢子大衣。

第三句"九天阊阖开宫殿"。"九天"指皇宫,形容其高远,这是广角镜头仰视推进的视角。"阊阖"是宫门,到访过故宫、龙庭乃至大明宫遗址的读者会有感性认识——宫门不是一个,而是一重又一重,"吱呀呀"地开启。《文苑英华》作"九重阊阖"可作旁证。

第四句"万国衣冠拜冕旒"。"万国"即万方,指全国各地。之所以用万国不用万方,是平仄的问题。"衣冠"即朝服,颜色和装饰各异,指代参加早朝的文武百官。"冕旒"是皇帝的帽子,有冕板覆于帽顶,有白珠作旒垂于前后。《淮南子》:"古之王者,冕而前旒。"这时航拍的"无人机"已经飞行到大殿上空回转镜头,俯视广场。在广阔的空间里,数百人齐刷刷地叩拜行礼,场面很壮观。

第五句"日色才临仙掌动"。"日色"是早晨初透的阳光,《瀛奎律髓》写作"日影"。"仙掌"用典,汉武帝在建章宫作承露盘,立铜仙人舒掌清盘以承甘露。谢朓诗云:"抽茎类仙掌,衔光似烛龙。"联系贾至"银烛熏天紫陌长"句,可知是"仙掌"指早晨在主道路两旁排列的用以照明的火炬状器皿。"动"是光泽闪耀的意思。可知这里指红彤彤的清晨光线投射过来,"仙掌""金茎"光泽闪耀。这时候,"无人机"拍摄了广场上的诸细节之后,镜头开始往大殿推进。

第六句"香烟欲傍衮龙浮"。"香烟"指朝会时殿内设炉所燃之香,"衮龙"是天子礼服,绣有龙的图案,不是平面的,是略凸凹立体的。远远望去，金龙在香烟缭绕中若隐若现，凸显出庄严肃穆的氛围。

第七句"朝罢须裁五色诏"。朝会之后，大唐皇帝的意志，以及他与这群国内最聪明、最有智慧、最具权势的大臣所形成的思想认同，将要形成诏书，分发全国各地。

第八句"佩声归向凤池头"。"佩"是玉佩，唐代五品官以上的饰物有玉佩。"凤池"即凤凰池，指中书省。当时，贾至和王维都任中书舍人。在肃穆的氛围里，只听见玉佩叮当作响，随着若干人影迤逦远去。

当时，大唐王朝终于平定了历经数年的安史战乱。唐肃宗收拾局面，再度万方来朝。这首诗简直是大唐盛世再度开启的宣言。这种雍容气象，非特定的人在特定的时间、地点描写特定的事件，而不能酣畅淋漓地抒写出来。但至少我们可以逆想，或者结合电视剧中表现早朝的场面，设想那个画面。

在具体创作技巧上，这首诗可以被借鉴的有：

（1）镜头"推拉摇移"。作为现代人，很容易理解如何用视频表现宏大场面，那就不妨采用这种节奏，用文字表达。

（2）声色俱全。有声音："报晓"声、"投筹"声、宫殿开启声、官员参拜声、玉佩远去声等，时动时静。有颜色：绛色头巾、鲜翠的裘衣、红彤彤的光线、金灿灿的绣龙等，或明或暗。

（3）局部特写。用局部代整体，能给人以视觉冲击力。这就像聚焦，蓦地把镜头拉近，给你一个特写看，然后再缓缓摇开。本诗尤其着重使用借代手法："绛帻""翠云裘""衣冠""冕旒"。本诗同时也擅长聚焦：阊阖、仙掌、香烟、衮龙、佩声。但同时带来一个弊端，就是"服色太多"（胡应麟语），尤其是"冕旒""衮龙""翠云裘"，意象过于复沓。

2. 命题

每逢阅兵，都是展现我国雄厚军事实力、增强国民自豪感的契机，场面壮观，激动人心。请以国庆阅兵为主题，创作一首七律，要求如下：

(1) 有意识地使用视频拍摄手法。

(2) 要镶入声音、色彩乃至温度、气味，多感官地表现宏大场面。

(3) 要有整体、有局部。

(4) 严禁在诗中出现描写感受的词汇，比如"伟大""昌盛""激动"等，而要用所描绘的场景给人以相应的感受。

三、七言绝句

所谓绝句，有时候是没写成的律诗，但更多是独特的题材。七言绝句特别适宜咏古怀今、酬唱赠答、感事抒怀。相对而言，七绝比五绝却要好些，所以这里先练七绝。

（一）咏史类

1. 范例

> 春城无处不飞花，寒食东风御柳斜。
> 日暮汉宫传蜡烛，轻烟散入五侯家。
>
> （韩翃《寒食》）

评析：

韩翃是中唐诗人，"大历十才子"之一。他早年考中进士，当过地方节度使的幕僚。这是一首讽喻诗，韩翃因它受到皇帝赏识,而被御笔亲批提拔为驾部郎中知制诰,后任中书舍人。

寒食节是我国传统节日,古代以冬至后第一百零五天为寒食节,大约在清明节的前两天。寒食日要禁火,吃冷食。这是由古代"改火"习俗延续而来的,每年春天,灭旧火,用新火。那么,新火从哪里来呢?唐朝制度规定,需要由宫廷取火,通过蜡烛赐给群臣。

历史上有两类"五侯",外戚或宦官,这里指擅权的宦官。东汉桓帝时封宦官单超等五人为侯,故称"五侯"。安史之乱以后,唐肃宗开始信用宦官,唐代宗更是授予他们实际兵权,导致了宦官专权,祸乱朝政。结合上下文,这首诗的中心意思就被层层剥开——原来它是讽喻诗。表面上看,它只是描写了寒食的景色,记载了唐朝的例行节日流程,实际上是借古喻今。皇恩先入五侯家,表达了作者对宦官阶层权柄过盛的忧虑,对国家命运的思考。

韩翃创作这首诗时,还是普通幕僚,很不得志。但这首诗被唐德宗看到,御笔亲题,超迁他为驾部郎中知制诰。驾部是兵部下设的四司之一,驾部郎中是该司主官,从五品上;"知制诰"意思是负责为皇帝起草各类诏书,历史上很多著名文人、宰相都曾负责过"知制诰"。

唐德宗勤勉有为,坚持信用文武百官,严禁宦官干政。他从韩翃的诗句中,看到此人有才华,符合自己的执政思路,故而提拔任用。这种任用还代表了皇帝的倾向,使满朝文武能够读懂皇帝的思路,从而带动庞大的政治机器扭转方向和良性运行。

这首诗可以被借鉴的特点有:

(1)思想深刻。通过上文,可以得知,这首诗表面上是一首轻飘飘的吟咏节气的诗歌,写得也很清淡,实则不然,内藏深刻的政治思考,而这正是一首绝句能在历史上站住脚的重要原因。

(2)写景。一切思想,总得依托某个形式表现出来,诗歌是形象化语言，先勾勒出一幅画面就十分有必要。

（3）用典。现在诗坛的"老干体"备受诟病，为什么呢？关键在于表达过于直白、不含蓄。而用典能够把意思深深藏在字句的下边，让人层层剥开历史，心有灵犀一点通。

2. 命题

2020年以来，世界局势动荡不安，局部矛盾激烈，人们在纷繁的局势下渴望安定与和平。转眼间年关又至，请以"元旦"为题，创作一首七言绝句，表达对"地球村"未来的忧虑。具体要求如下：

(1) 一、二句写景，三、四句写事。
(2) 用典表意，不得直白。

（二）赠别类

1. 范例

> 故人西辞黄鹤楼，烟花三月下扬州。
> 孤帆远影碧空尽，唯见长江天际流。
>
> （李白《送孟浩然之广陵》）

评析：

李白比孟浩然小十一岁，这次是李白和孟浩然的第二次会面。

李白二十四岁出蜀漫游，就拜访过孟浩然。后来李白娶了故宰相许圉师的孙女，定居在湖北安陆，并在周边漫游。他听说孟浩然在家赋闲，就托人带信约在武汉相会。这时候，李白还不太出名，孟浩然则已经诗名卓著。他们畅谈数日后，在黄鹤楼送别，写下了这首名篇。

这首诗的主要特点有：

（1）分镜头。这首诗后两句不是一个画面，而是一组镜头：孟浩然乘坐的小船离岸出发，渐渐地只能看见模糊的影子，然后连影子都没了，最后只剩下长江滚滚向东流逝。这说明，孟浩然乘舟出发后，李白一直站在江边遥望，即使一点影子都看不到了，仍然不肯离开，依依不舍的感情就全都表现出来了。几个镜头衔接在一起，简直是导演了一个小视频。

（2）首联交代时间、地点、人物、事件。时间是"烟花三月"，地点是"黄鹤楼"，人是"故人"孟浩然，事件是送别。

（3）拗救。第三句使用了"平平仄平仄"的特殊句式，在第四句用"平平平仄平"救了回来。

2. 命题

以"送友人"为题，创作一首七言绝句，要求如下：
(1) 第一、二句交代四大背景。
(2) 第三、四句描写四组镜头，表现对方逐渐远去的过程。
(3) 使用"仄仄仄平仄"特拗句。

（三）题赠类

1. 范例

> 竹外桃花三两枝，春江水暖鸭先知。
> 蒌蒿满地芦芽短，正是河豚欲上时。
>
> （苏轼《惠崇春江晓景》）

评析：

七言绝句相对短小，且不需要宏大构思，又比五言绝句多几个字，且在文字量上有一定渲染空间。所以，七言绝句比较适宜赠别、感事、题款等交际场合。这里选一个题画诗进行分析。

这首诗有如下艺术特征：

（1）立意很深。苏轼从反对王安石变法开始，在各地辗转任职。又因乌台诗被贬为黄州团练副使，在偏僻之地被搁置许多年，直到宋神宗去世后，苏轼被调回京城担任吏部郎官，这首诗就作于回京之后。此时，政治气氛微妙，变法派开始被调整，保守派开始被提拔。而苏轼本人也迎来仕途高峰，成为天下文豪。"春江水暖鸭先知"是在比喻政治环境逐渐转暖，已经为部分人感受到了。其中，也包含"小我"走出贬谪阴影，即将迎来暖意的含义。这等同于"一叶知秋"，所以纪晓岚说它"兴象实为深远"。

（2）充分扣题。既然是题画诗，诗中涉及的很多植物、动物，有竹子、桃花、野鸭、蒌蒿、芦苇、河豚等，自然大多是画中本来就有的形象。它们凑在一起，呈现出一派欣欣向荣的景象，诗画相映成趣。

（3）超越画面。画面是静态的，但诗中有动态；画面是当前的，但诗可以有设想和回顾。如果只是机械地反映画面，就流于下乘，比如距离画太贴近，就像紧身皮衣一样，没有了想象空间，反观苏轼此作则不然，充分表现出初春欣欣向荣的景象和动态。

2. 命题

有朋友画了一幅画（可以是中国画、油画、素描乃至漫画等），希望请你为他题首诗。请创作一首七言绝句，要求如下：

(1) 深远立意，要反映时代背景。

(2) 结合自身，要有作者自己的影子在诗中。

(3) 充分描绘画面，单从文字中，就要让人知道画作的内容和风格。

（4）要有动态、有时间空间感。

四、五言绝句

五绝字数虽少，却很难写，所以把它放在近体诗的最末位。它的篇幅注定不能鸿篇巨制，而适宜灵犀一点，以灵动、飘逸、俊切，言有尽而意无穷为佳。

（一）登临类

1. 范例

> 白日依山尽，黄河入海流。
> 欲穷千里目，更上一层楼。
>
> （王之涣《登鹳雀楼》）

评析：

本诗是登高观感，作者王之涣是初唐诗人，以绝句著称。鹳雀楼位于山西省永济市黄河西岸，曾被冲垮，中华人民共和国成立后仿古复建，共有六层，高七十多米，是中国古代四大名楼之一。

本诗有三个创作特点可以借鉴：

（1）眼前之景与遥想之景结合。登鹳雀楼可以远眺黄河，但大海肯定是看不到的。所以，"白日依山尽"写的是眼前之景，"黄河入海流"写的是遥想之景，两个景象结合在一起，时空感就出来了，显得非常壮大。

（2）对仗工整。这首诗对仗用得好。五言绝句本来不要求对仗，但作者两联均对，且十分严整。它使用了三种特殊对仗形式。一是颜色对：第一联中，"白"对"黄"，古人十分重视颜色的对仗，如果出句有颜色，对句却没有，就算不工整。二是流水对：上下联两句话前后相承，不能颠倒，且拆开后意思就不完整，"欲穷千里目，更上一层楼"就是这样。三是数目对：上下联中，数字必须对数字，否则也不工整。比如"千"对"一"，就是数目对。

（3）总结哲理。本诗第二联，从寻常的登高远眺中总结出一个哲理，大大超出了它字面含义，经常被后人引用，这就极大地拓展了绝句的思想内涵。

2.命题

以"登高（某亭台楼阁）"为题，创作一首五言绝句，要求如下：

（1）首联用对仗写景，二联写出一个道理。
（2）眼前之景与遥想之景结合。
（3）使用数目对、颜色对和流水对。

（二）题壁类

1.范例

打起黄莺儿，莫教枝上啼。
啼时惊妾梦，不得到辽西。

（金昌绪《春怨》）

评析：

这首诗又叫《伊州歌》，是一首闺怨诗，它截取了一个生活气息浓厚的片段：丈夫从军在外，少妇梦中与之相会，却被黄莺惊醒，因而"恼恨"上了黄鹂。

这首诗可以被借鉴的艺术手法有：

（1）选取生活片段。五绝的容量，比较适宜截取某个动态，乃至某个画面。

（2）倒叙手法。倘若换个语序："我梦见出征的丈夫，却被黄莺惊醒。真烦人，把它们打走吧！"这就是一首平庸作品。作者从动作入手，然后一句一转，最后揭开谜底。全诗展现了一个画面，"少妇（指挥）打黄莺"。为什么呢？嫌它聒噪；黄莺叫声婉转，为啥这时候偏不喜欢呢？因为惊扰了梦境；梦见什么了？梦见了在外从军的丈夫！

2.命题

以"闲愁"为题，创作一首五言绝句，要求如下：

（1）展现某个生活片段。

（2）从动作入手，层层递进，最后指出动作的原因。

五、古风

古风有四言、五言、七言、杂言，有短有长，有一韵到底或四句换韵或不规律用韵，形式多样，不一而足。这里就五言古风举一例进行分析。

（一）五言类

1.范例

十五从军征，八十始得归。道逢乡里人："家中有阿谁？"遥看是君家，松柏冢累累。兔从狗窦入，雉从梁上飞。

中庭生旅谷，井上生旅葵。舂谷持作饭，采葵持作羹。羹饭一时熟，不知贻阿谁！出门东向看，泪落沾我衣。

（佚名《古诗十九首·十五从军征》）

评析：

"古诗十九首"被称为"五言之冠冕"，在特殊的大时代背景下，充满苍凉、动荡、悲戚的浓厚气息。

追本溯源，既然学习古风，就应从"古诗十九首"择一学习。所选作品描写了少小从军、老年返乡的主人公亲属丧尽、家园荒废，孑然独立村口的场景。这首诗反映了战争的残酷，让人不禁满怀凄凉，悲从中来。

这首诗在思想内容和艺术手法上有如下特点：

（1）层次结构。近体诗形式固定，谋篇布局形成套路。但古风作品灵活多变，尤其是长度一般大大增加，怎样有效安排？本诗就是一个范例。全诗可划分为五个部分：第一到二句是总起，概述主人公身世背景；第三到六句是村口问答；第七到十句是入门所见；第十一到十四句是居家所为；第十五到十六句是结尾，以凄凉的画面作结。

（2）描写。全诗采用了多种描写手法。贯穿全诗的是白描手法，"村口问答"是语言描写，"入门所见"是环境描写，末六句是动作描写。读完全诗，我们就像上帝视角，跟着年老衰迈的主人公，在历经生死战斗后，返回家乡。我们看到他在村口与人对答，看到村人遥指的荒凉。进而看到主人公推开颓废的柴门，触目是满园蒿莱，野鸡扑棱棱飞起，野兔灰色的影子窜出去。我们的镜头还在"跟拍"，主人公独自一人收拾、打扫、做饭，然而做好饭跟谁一起吃呢，家人都在哪里呢？主人公推开门引颈张望，泪下沾衣。各种描写手法的综合运用，就像一部写实纪录片，一路跟拍，呈现出战后残酷的荒凉。

2. 命题

当今，均不免有在外打拼的经历，返回家乡时，自然百感丛生，或喜或悲，各自不同。请以"归乡"为题，创作一首五言古风，要求如下：

（1）一韵到底，用平声韵。
（2）控制在十六到二十句。
（3）全诗分三到六个层次。
（4）综合运用各种描写手法。
（5）纯用描写，不可议论和抒情。

第三节　词的创作

词有小令、中调、长调之分，篇幅不同，所宜创作的内容不同，手法也不同。词也有平声韵、仄声韵、换韵之分，押韵不同，适宜表达的感情不同；词还有词牌的区别，不同词牌适宜表达不同思想内容。

一、小令

小令字数少，部分小令只有一阕，容易上手。有些小令都从诗转化而来，有助于学习者逐渐过渡，掌握词的创作感觉。

（一）平声韵单调

1. 范例

　　西塞山前白鹭飞，桃花流水鳜鱼肥。
　　青箬笠，绿蓑衣，斜风细雨不须归。

（张志和《渔歌子》）

评析：

《渔歌子》近似七言绝句，只不过第三句减去一字。注意，中间的三言两句，一般应对仗。

张志和是唐代著名画家，曾任翰林学士，后修道有成，留下很多传说。张志和描写了理想化的渔翁生活。在他笔下，有个渔翁，穿戴整洁，颜色鲜亮，在桃花流水中，专钓名贵的鳜鱼。这是典型的文人美好设想。要考究其意象，可主要从其修道经历体会。

这首词的主要特点是：铺排画面，色彩斑斓。

凡是擅长绘画的文学家，笔下也擅长布局，并且往往色泽鲜亮。我们看看张志和的写作技法：在选择意象时，作者写到了山、水、风、雨等自然环境，白鹭、鳜鱼等动物，桃花等植物，箬笠、蓑衣等生活用具，并且有动态、有静态；在景物层次上，西塞山和白鹭是远景，桃花、流水和鳜鱼是近景，焦点在戴箬笠、披蓑衣的渔翁；在颜色上，直接写到了白、青、绿，暗示了苍山、碧水、粉色的桃花、黄褐色带黑斑纹的鳜鱼。如果我们要写一篇描写自然风景的作文，就可以向他学习，有远有近，有动有静，有主有次，还有各种色泽。

2. 命题

　　请以"郊游"为主题，以《渔歌子》为词牌，创作一首小令，

具体要求如下:
(1) 要有画面感。
(2) 要注意安排颜色。
(3) 中间三言两句要对仗。

(二) 平声韵双调

1. 范例

　　风住尘香花已尽,日晚倦梳头。物是人非事事休,欲语泪先流。　闻说双溪春尚好,也拟泛轻舟。只恐双溪舴艋舟,载不动、许多愁。

（李清照《武陵春·春晚》)

评析:

《武陵春》是双调平声韵小令,又名《武林春》《花想容》。相传是北宋词人毛滂所创,又以李清照此词最为知名。

这首词于宋高宗绍兴五年（1135）作于浙江金华。其时金兵进犯,李清照的丈夫赵明诚已经病故,家藏的金石文物也散失殆尽。她孑然一身,在连天烽火中漂泊流寓,内心极其悲痛。

从诗词创作的角度分析,这首作品有几点值得借鉴:

（1）上阕写目前之况,下阕写设想之况。一般,词分两阕的话,上阕写景,下阕抒情。本词打破常规,纯粹抒情,那么如何划分层次呢?最佳的方式就是从时间或空间上划分——过往、当下、未来,或来处、在处、去处。足够搞定三阕的词,无虑两阕尔。

（2）意识流。本词一以贯之的是情绪,情绪却一波四折。先是"倦"梳头,为什么呢?因为"物是人非事事休",为此而泪"流";为了排遣悲恸,"拟"出行泛舟,却"恐"愁多,戛然而止。将作者思念亡夫、悲伤的心情再现。纯用内心独白串起全篇,这是中式的"意识流"。

(3)修辞。本词主要运用了"双关"和"通感"的修辞手法。首句,"风住尘香花已尽",既是自然景物,也是作者身世的再现,漂泊之中暂得栖息,落红满地恰似作者当前的遭遇和心情。末句,"愁"本无形无质,用轻舟"载不动"来表现愁之浓重,这是通感手法。

2. 命题

每人都可能遇到与家人、爱人暂时分别的情况,请以思念某人为内容,以《武陵春》为词牌,创作一首小令,具体要求如下:

(1)上阕写当前,下阕写设想。
(2)使用意识流手法,注意情绪要有转折。
(3)使用双关和通感的修辞手法。

(三)仄声韵单调

1. 范例

常记溪亭日暮,沉醉不知归路。兴尽晚回舟,误入藕花深处。争渡,争渡,惊起一滩鸥鹭。(李清照《如梦令》)

评析:

《如梦令》共三十五个字,单调,押仄声韵。

李清照流传下来三首《如梦令》,以"昨夜雨疏风骤"更知名,所选的这首,也是她年轻时候的作品,还充满青春气息。

这个小令也描绘了一个生活片段:一天喝了点小酒,乘兴摇舟，在夕阳下惊起鸥鹭——十分有爱的一个场景，简直可以参加摄影大赛了！

本词可以被借鉴的写作技巧有：

（1）记叙。虽然短，但这是一篇记叙文，纯用白描手法。时间是"日暮"，地点是"溪亭"，人物有"我"，起因喝酒，经过是"沉醉不知归路""兴尽晚回舟""误入藕花深处"，结果是"争渡""惊起一滩鸥鹭"。

（2）抓动态。看过《倚天屠龙记》的朋友都知道，漫画作者黄四郎所作漫画有一个共同特点，就是用静态画面表现动态事件。这深得体育摄影三昧，这也暗合诗歌的一个重要原理——"张力"。这里用动作张力代替了情绪张力。

2. 命题

请就最近一次游玩经历，以《如梦令》为词牌，创作一首小令，具体要求如下：

(1) 采用白描手法。

(2) 包括记叙文六要素。

(3) 以动态结尾。

（四）仄声韵双调

1. 范例

驿外断桥边，寂寞开无主。已是黄昏独自愁，更著风和雨。　无意苦争春，一任群芳妒。零落成泥碾作尘，只有香如故。

（陆游《卜算子·咏梅》）

评析：

《卜算子》是双调仄韵小令，盛行于北宋。这个小令上、下阕共八句，除第三、七句外，其他均为五言，押仄声韵。

这首词可能作于陆游五十三岁在成都赋闲期间。此前，陆游担任四川制置使范成大的参议官，但被主和势力诋毁"不拘礼法""燕饮颓放"，遭到免职。作者当时也的确有被人攻击的毛病，比如酗酒、私生活不检等，出事自是难免。于是，陆游就在杜甫草堂附近开辟菜园，躬耕闲居，还自号"放翁"。

结合作者身世背景，我们就能看出来，这首咏物诗，其实是一首牢骚诗，咏的是梅花，写的是自己。但结尾还是很提气的，表明自己要坚守气节。

这首词可以被借鉴的创作技巧有：

（1）咏物明志。王国维说："以我观物，故物我皆著我之色彩。"咏物诗，必须赋予物一定的思想感情，而这个思想感情不是凭空来的，是作者当时当地的所思所想的具体体现。从另一个角度说，读诗词，必须"知人论世"，知道了作者身世和创作背景，才能解开诗词的密码。

（2）上阕写境遇，下阕写心思。上阕四句，均是梅花的"遭逢"，是其境遇；在此境遇下，梅花作何感想呢？下阕则用梅花的口吻做了解答：首先，我没兴趣和你们争，你们就羡慕嫉妒恨去吧；其次，我有我的清高，就算被打翻在地（罢官），你们也学不来（还真是"书生意气"）。

（3）层层递进。上阕写境遇时，作者层层递进地"卖惨"：首先，不在职而在野；其次，没人管、没主子；再次，年岁老了；最后，被反复围攻（又是风，又是雨）。上阕这四句话不是随便来的，而是精心钩织的。

2.命题

梅兰竹菊,号称"四君子",历来被文人墨客歌咏书画。请任选其一,以《卜算子》为词牌,创作一首小令,具体要求如下:

(1) 咏植物,写自己。

(2) 上阕写境遇,下阕写心思。

(3) 上阕四句要层层递进,一句一个意思。

二、中调

中调有个特点,它有一定容量,可以铺排,需要作者对内容进行构思,一般要分几组展现。中调一般分两阕,也需要各有侧重。在创作时,要注意,表达轻松愉快情绪时首选平声韵,表达愁苦悲伤情绪时首选仄声韵。还需要注意所选词牌每句字数的多少,句子短促,就适宜表达明快的内容。

(一) 平声韵

1.范例

一叶舟轻,双桨鸿惊。水天清、影湛波平。鱼翻藻鉴,鹭点烟汀。过沙溪急,霜溪冷,月溪明。 重重似画,曲曲如屏。算当年、虚老严陵。君臣一梦,今古空名。但远山长、云山乱、晓山青。

(苏轼《行香子·过七里滩》)

评析:

《行香子》句式很独特,都是四字句、三字句,与一般五言、七言的节奏和感觉完全不同,可以专门拿来练习一下。

苏轼入仕后,因政见不合于王安石,自请外放。北宋熙宁四年（1071）冬抵达杭州通判任上，第二年创作出《望湖楼醉书》等作品，庆幸自己远离政治风暴中心。第三年，也就是北宋熙宁六年（1073）春，创作此词。

此词仍然延续了江湖自在的感受，真个是"海阔凭鱼跃，天高任鸟飞"。其艺术特点是：

（1）精于对仗。本词并不要求对仗。但苏轼在创作时，两个四字句之间，领字之后的连续三个三字句之间，全用对仗。全篇就显得整饬、精美、流丽。

（2）剪辑手法。上阕共由四组不同视角的小视频组成。首先是特写镜头，然后拉镜头看全景，接着摇镜头拍摄鱼儿浮跃、鹭鸟飞旋，最后跟镜头，跟着小船拍摄三组风光片段。

（3）抓特点。除了其他山光水色的绘制外，本次上阕末尾，以"过"领起三组词，"沙溪急""霜溪冷""月溪明"，是一路所见的三种特色，被他抓取，极具艺术性地概括出来。

（4）就近取譬。七里滩就在富春江段，严陵山以西，因而使用严陵的典故十分适宜。另一方面，"君臣相知"是儒生实现政治理想的一个重要前提。他显然不赞成严陵"虚老"山野的隐居做派，实际上他在杭州任上，兴修水利、关心农桑，余则谈笑鸿儒、往来寺院，十分务实而精彩。所以他在离任时总结说："我官于杭，始获拥慧。欢欣忘年，脱略苛细。"因此，他反面用典，评价严陵为"古今虚名"而已。

（5）景语作结。"一切景语皆情语。"以景语作结，可得脉脉余韵。

2. 命题

以某次旅程为内容，以《行香子》为词牌，创作一首中调，具体要求如下：

(1) 采用推拉摇移的摄影手法。
(2) 能对仗则对仗。
(3) 抓住景物特点。
(4) 使用景区所涉历史人文典故。
(5) 要有自己的人生思考在内。
(6) 景语作结。

(二) 仄声韵

1. 范例

  凌波不过横塘路。但目送、芳尘去。锦瑟华年谁与度？月桥花院，琐窗朱户。只有春知处。　碧云冉冉蘅皋暮。彩笔新题断肠句。若问闲情都几许？一川烟草，满城风絮。梅子黄时雨。

（贺铸《青玉案》）

评析：

贺铸是宋太祖贺皇后族孙，自称初唐贺知章后裔。他人长得很丑，但词很秀丽。这首《青玉案》十分知名，使他赢得"贺梅子"的称号。

这首词的特点在于：

（1）大量用典。"凌波"典出曹植《洛神赋》："凌波微步，罗袜生尘。" "芳尘"典出庾阐《扬都赋》："结芳尘于绮疏。" "锦瑟"典出李商隐《锦瑟》："锦瑟无端五十弦，一弦一柱思华年。" "彩笔"典出《南史》，江淹少时梦人授五色笔，由是文藻日新。用典的好处是使诗文绮丽文雅，坏处是"隔"，须得自己把握好尺度。

（2）四个场景组合。包括伊人离去、我独自愁苦、我题写诗句、世界一片愁绪。这四个场景组成一个哀伤的感情进行曲。

（3）设问加排比。之所以选此词，主要是因为贺铸独辟蹊径，设问"闲愁"，并连用三个比喻回答它，这三个比喻兼起到景语作结的作用。这是一种开创性的实验，他也因此被称道。

2. 命题

以思念某人为内容，以《青玉案》为词牌，创作一首中调，具体要求如下：

（1）用三个以上典故词汇。

（2）描绘四个场景。

（3）词末设问，并用三个比喻作答。

（三）换韵双调

1. 范例

……莫听穿林打叶声，何妨吟啸且徐行。竹杖芒鞋轻胜马，谁怕？一蓑烟雨任平生。　料峭春风吹酒醒，微冷，山头斜照却相迎。回首向来萧瑟处，归去，也无风雨也无晴。

（苏轼《定风波》）

评析：

《定风波》双调六十二字，平仄韵交替使用，且镶入二字句，形式比较独特。

苏轼是北宋元丰五年（1082）在黄州期间创作的这首词。乌台诗案过去已经三年了，他在黄州的贬谪生涯也逐渐波平水缓，这时候，他与朋友游历沙湖道中遇雨，遂创作此词，说明他从心理上接受了命运的安排，并采用积极的态度对待生命。

这首词在创作上可注意以下几点：

（1）以议论贯穿。苏轼的诗词有很多特点，比如善用比喻、常有幽默、好发议论。他曾创作《琴诗》："若言琴上有琴声，放在匣中何不鸣？若言声在指头上，何不于君指上听。"当真深究下去，搞不好会发现声波原理。此词即以议论一气贯穿，但读者不觉艰涩，而是流畅自如。

（2）有去有回。用诗词写游记，自然不得不提陆游的老师、旅行家曾几。他的《三衢道中》被选入小学课本："梅子黄时日日晴，小溪泛尽却山行。绿阴不减来时路，添得黄鹂四五声。"你看！跟苏轼的谋篇多么相像。前半截去，后半截回。由于《定风波》容量更大，苏轼的"游记"可拆分为四个部分：开始—过程—登顶—返程。

（3）人生游记。实际上，这首词不只是、不主要是自然游记，而更主要是"人生游记"。以乌台诗案为界，上阕与入狱前相对照，虽有"穿林打叶声"，但"吟啸且徐行""谁怕""一蓑烟雨任平生"。下阕前半部分是刚被贬的感受，"料峭春风""微冷""山头斜照"。下半阕后半部分是安定后的思想，"回首""归去""也无风雨也无晴"。甚至所选词牌都含着深意——《定风波》。

2. 命题

记一次登山、滑雪、出海或跑步比赛，以《定风波》为词牌，创作一首中调，具体要求如下：

（1）把行程分成四部分：出发、过程、高潮、回顾。

（2）把写景穿插在议论里。

（3）结合自己的人生体验。

三、长调

与诗中的古风一样,词中长调最考校功力。它需要创作者有一定组织架构能力,像写一篇散文、辞赋一样去构思。

(一)平声韵

1. 范例

> 对潇潇、暮雨洒江天,一番洗清秋。渐霜风凄紧,关河冷落,残照当楼。是处红衰翠减,苒苒物华休。惟有长江水,无语东流。 不忍登高临远,望故乡渺邈,归思难收。叹年来踪迹,何事苦淹留?想佳人、妆楼颙望,误几回、天际识归舟。争知我,倚栏杆处,正恁凝愁!
>
> (柳永《八声甘州·仙吕洞》)

评析:

柳永是长调慢词的重要推动者,所选《八声甘州》,婉约中有苍凉豪迈。但这首词并无深刻人生寓意或政治内涵,明白流畅,表达男女相思,适宜青楼歌女传唱。

这首词在创作上的特点是:

(1)八段锦。慢词的容量比中调又大幅加强。这首词的内容,上下阕各表述了四段内容,合在一起共有八层意思。

(2)对照法。逆想对方也在想自己,杜甫曾在《月夜》用过:"遥怜小儿女,未解忆长安。"柳永也如此使用,增加了情感力度。

(3)善用领字。"对""渐""叹""想"都是领字,起到调节节奏、转换语意的作用。

2. 命题

现代人常有差旅或外出游学的经历,请以任意一次旅居异地为主题,以《八声甘州》为词牌,创作一首长调,具体要求如下:

(1) 要有层次。

(2) 设想对方。

(3) 善用领字。

(二) 仄声韵

1. 范例

　　更能消、几番风雨?匆匆春又归去。惜春长恨花开早,何况落红无数。春且住。见说道、天涯芳草无归路。怨春不语。算只有殷勤,画檐蛛网,尽日惹飞絮。　　长门事,准拟佳期又误。蛾眉曾有人妒。千金纵买相如赋,脉脉此情谁诉?君莫舞,君不见、玉环飞燕皆尘土!闲愁最苦。休去倚危栏;斜阳正在、烟柳断肠处。

　　　　　　　　　　　　(辛弃疾《摸鱼儿》)

评析:

辛弃疾能文能武,二十岁就能带队起义、奇袭擒首,后来在南方镇压过茶商暴动。在词作风格上,他属于豪放派。文人作词,不通音律,但不妨碍艺术水平高超,所以得以流传。

(1) 香草美人

这首词是一首著名的"政治抒情诗",字面上是美人伤春,表面上是席间赠友,实际上,抒发的是政治抱负难以施展的怨情。

古时候,皇帝即天子,"普天之下,莫非王土;率土之滨,莫非王臣"。庞大的政治机器以皇帝为核心运转,皇帝的喜怒哀乐被层层放大，到民间就形成春雷春雨，或秋风秋霜，一念之间左右千万人的命运。"雷霆雨露，莫非皇恩。"文人士大夫阶层作为中间传导层，更加要直面这种政治关系。在古代"君为臣纲、父为子纲、夫为妻纲"的封建礼法制度下，文人士大夫与皇帝的关系，堪比妻妾、奴婢之与一家之主。这是文人爱用"香草美人"自喻的由来。

"日暮倚修竹，天寒翠袖薄"，美人与诗人同命运；"白头宫女在，闲坐说玄宗"，宫女与迁客相仿佛；"妆罢低声问夫婿，画眉深浅入时无"，"未谙姑食性，先遣小姑尝"，新娘与进士能类比；"蓬门未识绮罗香，拟托良媒益自伤"，贫女与寒士可相怜。到了辛弃疾，全篇都是兴象。"美人"即我，我即"美人"。

（2）千回百转

为什么杜甫的风格被称为"沉郁顿挫"呢？根本原因是被生活暴击了太多，直接原因是情绪的表达千回百转、层层加码。以其《登高》为例，"万里悲秋常作客，百年多病独登台"，两句各三层递进；"艰难苦恨繁霜鬓，潦倒新停浊酒杯"，四种人生之苦，集中到一位老人身上，又以年迈多病，穷困潦倒，连抿一口酒的嗜好都被迫戒掉。

辛弃疾也有此倾向。陈廷焯评价他的这首词："词意殊怨，然姿态飞动，极沉郁顿挫之致。"你看，开篇飞来一笔，恨春去；由此惜春，又恨春残；要留住春，春却无语；只剩得丝丝缕缕，自家烦恼。至此，作者对"春"的万千爱恨，表现得淋漓尽致。"春"到底是什么？当然是"皇恩"。这是古代文人"齐家治国平天下"的政治抱负能够实现的基本前提。至于下阕，以"长门赋"典故起手，先说好事又黄了；为什么呢——有小人；进而又说，有了长门赋也没用——没有面见皇帝的机会；转过头又恨——小人们别蹦跳,你们没啥好下场;转过头又自伤——别登高,会更加触景生情。

有话说:"文似看山不喜平。"长诗慢词,都需要增加转折变化,才能波澜壮阔。

2.命题

古人常有才高而不得志者,令人叹惋。请任选一位古人,以他为题,以《八声甘州》为词牌,创作一首长调,具体要求如下:

(1) 用"香草美人"比兴。

(2) 情绪的表达要有层次、有转折。

(3) 也要联系自身。

参考书目

[1] 王力《汉语诗律学》，上海：上海教育出版社，2002。

[2] 龙榆生《唐宋词格律》，上海：上海古籍出版社，2010。

[3] 高昌《我爱写诗词1：律诗写作快速进阶》，广州：广州人民出版社，2021。

[4] 高昌《我爱写诗词2：词牌写作快速进阶》，广州：广州人民出版社，2021。

[5] 徐晋如《诗词入门》，北京：中华书局，2021。

[6] 顾青《唐诗三百首（名家集评本）》，北京：中华书局，2005。

[7] 上彊村民，王水照，倪春军《宋词三百首评注》，香港：香港中和出版有限公司，2021。

[8] 韩兆琦《中国文学史》，北京：北京师范大学出版社，2002。

[9]［汉］许慎《说文解字注》，［清］段玉裁注，许惟贤整理，南京：凤凰出版社，2007。

[10] 周一民《现代汉语》，北京：北京师范大学出版社，2010。

[11] 张弓《现代汉语修辞学》，河北：河北教育出版社，1993。

[12] 陈望道《修辞学发凡》，上海：复旦大学出版社，2020。

[13] 白话文《闲谈写对联》，北京：北京出版社，2017。

[14] 苏渊雷《名联鉴赏辞典》，上海：上海辞书出版社，2019。

[15] 叶嘉莹，羊春秋《唐诗精华评译》，上海：东方出版中心，2020。

[16] 叶嘉莹，霍松林，胡主佑《宋诗三百首》，上海：东方出版中心，2020。

[17] 叶嘉莹，羊春秋《明诗三百首》，上海：东方出版中心，2020。

[18] 叶嘉莹，张璋，黄畲《历代词萃》，上海：东方出版中心，2020。

[19] 王达津《王维孟浩然选集》，上海：上海古籍出版社，2013。

[20] 郁贤皓《李白选集》，上海：上海古籍出版社，2013。

[21] 邓魁英，聂石樵《杜甫选集》，上海：上海古籍出版社，2012。

[22] 王水照《苏轼选集》，上海：上海古籍出版社，2014。